KB050296

익숙해서 낯선 것들

담천(曇天) 일기
익숙해서 낯선 것들

초판 1쇄 인쇄일 2023년 6월 10일
초판 1쇄 발행일 2023년 6월 20일

지은이 이병철
펴낸이 양옥매
디자인 송다희 표지혜
마케팅 송용호
교　정 조준경

펴낸곳 도서출판 책과나무
출판등록 제2012-000376
주소 서울특별시 마포구 방울내로 79 이노빌딩 302호
대표전화 02.372.1537　팩스 02.372.1538
이메일 booknamu2007@naver.com
홈페이지 www.booknamu.com
ISBN 979-11-6752-323-5 (03800)

* 저작권법에 의해 보호를 받는 저작물이므로 저자와 출판사의 동의 없이
  내용의 일부를 인용하거나 발췌하는 것을 금합니다.
* 파손된 책은 구입처에서 교환해 드립니다.

익숙해서 낯선 것들

이병철 • 지음

책과나무

날 흐릴 담(曇), 그날

그래서, 담천(曇天)

오랜 시간 잊고 지냈습니다. 유재하. 20대를 추억하면서 그가 다시 살아난 건….

사람들이 그토록 왜 재하냐고 묻습니다. 그냥 추억이 아닌 건 그가 어두웠던 나보다 더 어두웠기 때문입니다. 80년대, 아름다웠어야 할 그 시절이 왜 그렇게 아팠는지….

30년 만에 연락이 닿은 J가 재하의 사진을 보고는 그를 온전히 기억합니다. 저만 먹먹한 건 아닌가 봅니다.

'날 흐릴 담(曇)'

내가 어둡다며 재하가 써 준 한자를 그날 처음 보았지요.

"형이 주는 이 이름, 너 평생 간직하게 될 걸?"

재하가 제게 그랬습니다. 그날…. 80년대도 아닌데 왜 지금도 슬픈 걸까요?

유재하를 추억함

〈사랑하기 때문에〉 - 유재하

많은 사람들이 사랑했던 가수 유재하가 1987년 11월 교통사고로 세상을 등졌다. 그의 나이 25살.

그로부터 얼마 지나지 않아 1988년 봄, 25살 또 다른 유재하가 교통사고로 숨을 거두었다.

죽기 전 그가 내게 마지막 쓴 편지를 25년 만에 다시 읽는다. 그의 말대로 그놈의 거지 같은 옷을 벗어 버리고, 민간인 신분으로 처음 맞는 여름날의 따듯한 햇살 아래서 대구에 있는 그에게 전화를 걸었다.

"재하 형 죽었어요."

공중전화기 너머 서울대생 그의 동생 말에 난 단 한마디 대답도 할 수 없었다. 유재하가 죽었던 그해, 여름날. 나도 그렇게 죽었었다.

25년 만에 그의 편지를 발견하고, 그와 찍었던 단 한 장의 사진을 찾기 위해 꼬박 반나절을 창고와 사진첩과 서랍을 뒤지고는 땀으로 범벅이 된 거울 속 날 바라보며 미쳐 있는 또 다른 나를 발견한다.

2013년 5월
이놈의 거지 같은 봄날

삶, 살아가는 것에 관하여

◇ 3

그 먼 옛날, 느티나무 아래에 다시 서다

◇ 4

소설 『A와 B의 이야기』　327

1

사랑, 사람 그리고 사람

아프다고 하는 것에 관한 삽화

이른 아침, 전화벨 소리. 그녀다.

"나 지금 집에 내려가."

"… ."

"… ."

"…어~ 그래? 어딘데?"

"이제 나가려고. 방학 잘 보내라고 전화했어."

"…어~ 그래. 너도 잘 보내."

전화가 끊겼다. 집이 어디인지도, 전화번호도 모른다. 주섬주섬 옷을 챙겨 입고 집을 나선다.

"아침부터 어디 가? 밥은 먹고 나가야지."

엄마의 목소리를 뒤로하고 급히 나오긴 했지만 어디로 가야 하는지 모른다. 버스인지 기차인지 물어볼걸 그랬다. 난 그녀에 대해 아는 게 없다. 기차역 플렛폼에 혼자 서서 나오려는 눈물을 참는다.

'나, 이제 군대 가야 하는데….'

서로 다른 이유로 그녀와 난 늘 다른 공간이다. 내 이야기, 그녀의 이야기. 서로 마주 보고 해 본 적조차 없는데….

　내게 전화한 이유를 안다. 사람 때문에 아프다는 것. 그냥 아프
다는 것.

*

　손수건으로 얼굴을 가린 한 무리의 청년들이 또 다른 한 청년을
에워싸고 있다.

　"옷 벗어, 옷 벗어!"

　누군가 소리치고, 이내 합창이 되어 버린 그 말은 분노의 외침이
다. 분노조차 잊은 얼굴로 차가운 아스팔트 바닥에 널브러진 무장
해제 직전의 또 다른 청년의 표정은 휑하다. 얼굴을 동여맨, 최루
탄과 땀으로 범벅이 된 더러운 손수건을 풀어 피가 흐르는 그의 손
을 묶는 그 순간에도 그는 적으로 만난 친구를 알아보지 못한다.

　끝나지 않은 전쟁터에서 서로를 잊은 얼굴은 속으로 그렇게 말
한다.

　"나 몹시 아파."

*

　1년 내내 삽으로 땅만 파는 선후배를 대신해 교육용 탄환 박스를

머리에 이고 J와 함께 산 중턱 쓰레기장 앞에 선다. 쓰레기장 불길
속에 던져진 장약들이 '피~융' 하고 마하의 속도로 바람을 가른다.
방금 전 120원짜리 총알을 6만 원어치나 쏘아 댄 흥분이 가라앉지
않는다. J가 말했다.

"세상은 온통 가짜다."

얼마 전 철책선 안에 가짜 대인지뢰를 묻을 때도 그랬다. 지뢰를
고정시킨 나무판을 발로 밟아 땅에 밀착시키다가, 잘못 건드려 폭
발했을 때 전방초소 사병은 놀라 뒤로 물러서고…. 그때 내가 그랬
던가?

"이거 불발탄이네."

그날 밤, 야동리 무기고 앞에서 만난 재하는 얻어맞은 얼굴로 내
게 와 운다. 여전히 전쟁은 끝나지 않았다. 91년 5월의 봄날, 부산
역 앞에서 만난 J는 내 명함을 받아 들고 그런다.

"왜…? 너 인천이 고향 아니었어?"

그와 나 동시에 멍한 표정으로 서로를 바라본다. 전쟁은 여전히
진행형이고 그래서 난 아프다.

*

동인천 허름한 골목길, 지저분한 쓰레기통 옆에 앉아 그가 운다.
서럽게 운다. 그의 앞에 쪼그린 그의 아내가 그의 등을 토닥인다.

사람은 죽을 때가 되면 발이 붓는다던가. 부은 발을 애써 외면한 회한으로 그는 아프다.

추적추적 어느 비 오던 날 밤, 술에 취해 탁자에 엎드린 그는 그랬다.

"우리 아버지 정말 싫었거든. 근데 내가 우리 아버지처럼 살고 있네."

그에게 묻고 싶다. 이제 전쟁을 끝냈는지.

인연이라고 하는 것

1

지금으로부터 ○○년 전, 23살 까까머리 군바리 시절, 휴가 나와 친구들과 이태원에 놀러 갔습니다. 그때만 해도 나이트클럽이 많지 않을 때라 젊은 사람들은 이태원에 자주 놀러 다닐 때였습니다.

스테이지에서 춤추다가 블루스 타임이 되면 늘 그렇듯이 테이블로 돌아가려고 하는데 한 아가씨 제 팔을 붙잡으며 그럽니다. 춤한번 추자고…. 빨간색 티셔츠에 청바지, 21살 정도 되어 보이는 순수한 모습의 아가씨였습니다. 잠시 당황스러웠지만 이게 웬 떡이냐 싶어 블루스를 추고는 아가씨 친구들과 합석을 했습니다. 내친구 4명에 여자 3명.

그렇게 재미있게 놀고는 새벽녘이 되어 헤어지는데, 그녀 모레다시 만날 수 있느냐고 묻습니다. 서울 필동 대한극장 앞에서 만나기로 하고 그날은 그렇게 헤어졌습니다.

이틀 후, 벅찬 마음으로 약속 장소로 나갔는데 초행길이라 약속시간에 30분이나 늦었습니다. 기다리다가 가 버렸을까 봐 마음이 급했던 저는 전철에서 내려 있는 힘을 다해 뛰었습니다. 멀리 그녀의 모습이 보이지만 처음엔 그녀가 아닌 줄 알았습니다. 알록달록한 투피스에 브라운관에서나 봤을 법한 챙이 넓은 모자, 푸른색 머플러에 하얀색 정장구두. 티셔츠 입은 참한 여대생의 첫날 모습은 오간 데 없고 저는 정말 그녀가 패션모델인가 했습니다.

안 오는 줄 알았다고 말하는 그녀의 표정에 슬픔과 기쁨이 교차합니다. 그녀가 유독 튀어서 다른 사람들이 쳐다보는 듯하여 옆에 있는 내내 마음이 부담스러웠습니다. 두 번째 만남은 커피 마시고 술 한잔하고 내 군대 생활 이야기로 재미있게 보냈습니다. 그녀 자기 얘기를 별로 하지 않습니다. 휴대폰도 삐삐도 없던 시절이라 그렇게 헤어지며 내일 다시 만나기로 했습니다.

다음 날은 내가 군대에 복귀하는 날인지라 기차를 타야 하는 서울역 시계탑에서 보기로 했습니다. 그리고 그날 서울역 근처 한 레스토랑에서 만난 그녀, 하얀색 원피스에 머플러를 감았습니다. 21살짜리 여대생도 패션모델도 아니고, 시집갈 때가 다 된 최 부잣집 셋째 딸…. 그런 모습입니다.

전 그때 그녀를 만나기 전부터 내내 어떻게 그녀를 데리고 여관에 갈까 그 생각만 했습니다. 밥을 먹고, 그녀 손을 잡고는 어디 방에 가자고 졸랐습니다. 그녀 그럽니다. 자긴 성당에 나간다고, 나랑 자고 싶지만 죄받는다고, 그럴 수 없다고. 그러고는 자기 얘기를 합니다. 나이는 24살. 남편이 있는 유부녀라고 합니다. 이태원에서 처음 보던 날 첫눈에 내가 너무 좋았다고, 운명처럼 생각되었다고 합니다.

서울역 광장에서 헤어지는데 그녀 웁니다. 닭똥 같은 눈물이 흘러내립니다. 그때나 지금이나 그녀 눈물의 의미를 잘 몰랐습니다. 자기를 안아 달라고 합니다. 서울역 광장 한복판에서 포옹하고 있는 제복 입은 군바리와 아리따운 아가씨. 그 많은 인파가 우릴 쳐다보는데 창피하다는 생각은 없었습니다.

2

군대에 복귀하고 며칠 후, 제가 주소를 써 준 부대로 편지가 옵니다. 하루에 한 통씩, 군대는 일요일에는 편지 수발 업무가 정지됩니다. 월요일에 정확히 2통의 편지가 옵니다. 발신 주소도 없는 편지에 악필에 가까운 그녀의 글씨가 애틋했습니다.

오늘 우리 아저씨(그녀는 남편을 그렇게 불렀습니다)가 너무 많은 돈을 줘서 오랜만에 친구와 쇼핑을 했다. 비서 아저씨가 있는데 영화배우를 닮았다고 했더니 엄청 좋아하더라. 오늘은 하루 종일 책만 읽었는데 뭔 내용인지 모르겠다. 아무래도 만화책이 적성인 것 같다. 키우는 세파트가 자길 좋아하지 않는 것 같은데, 오늘은 자길 물려고 했다…. 등등 매일매일 일기를 써서 보냅니다.

나랑 친하게 지내던 항공장교가 그럽니다. 위험한 유부녀 같다고 조심하라고…. 혹시 휴가 나오면 연락하라고 사진 한 장과 자기 친구 집 전화번호를 적어 보냈는데, 수첩에 옮겨 적었다가 그만 사진과 함께 잃어버렸습니다.

편지는 정확히 3달간 90여 통이 오고는 멈췄습니다. 그렇게 연락할 방법도 없이 그녀와의 인연은 끊어졌습니다.

3

그리고 5년의 세월이 흘렀습니다. 그사이 군대를 제대했고 서울에서 올림픽이 열렸으며, 동서독이 통일되었고, 소비에트 연방이 무너졌습니다. 전 직장인이 되었습니다. 어느 날 금요일 저녁, 부서 회식 후 술에 취해 회사 앞에서 자취를 하던 입사 동기놈 집 앞 공터 놀이터에서 담배를 피우다가 저 멀리 벤치에서 쓰러져 있는 한 여자를 발견했습니다.

걱정이 되어서 그녀를 깨우는데, 그녀… 그녀입니다. 태어나서 딱 세 번 본 그녀…. 몇 달간 가슴에 품었던 사진 속 그녀를 바로 알아봤습니다. 기막힌 우연이라고 생각했습니다. 그녀는 취해서 이미 인사불성입니다. 어떻게 해야 할지 몰라 그녀 곁에 앉아 있었지만 어쩔 수 없이 전 그녀를 업고 동기놈 자취방 침대에 뉘였습니다.

동기놈은 소파에서 자고 저는 그녀의 거친 숨소리를 들으며 그녀 옆에서 잠이 들었고, 다음 날 아침 일어났을 때 그녀는 침대에 앉은 채 날 쳐다보고 있었습니다. 놀라 까무러칠 만도 한데, 그녀 태연합니다.

어젯밤 일을 대충 얘기하고 좀 더 쉬었다 가라고 하고는 동기놈을 깨워 출근했습니다. 오전 근무를 마치고 동기놈 집에 달려갔더니 그녀는 이미 없습니다. 찬 마룻바닥에 싸구려 합판으로 된 밥상 위로 아직 식지 않은 밥과 국이 차려져 있습니다. 그 옆에 쪽지 한 장이 있습니다.

"잊지 않아 줘서 고맙습니다. 한 끼 식사 대접하고 싶었습니다. -소영"

어젯밤 그녀를 뉘이고 동기놈에게 그녀 얘기를 했는데…. 그녀는 그 소릴 들은 겝니다. 내가 누군지도 이미 알았던 듯합니다. 어디까지 우연이고 어디까지 우연이 아닌지 잘 모르지만, 그녀는 지난 5년간 절 보고 있었던 게 확실합니다. 직장 생활을 하고 얼마 안 지나 깍두기 머리 장정 한 명이 회사로 찾아와 제 동료에게 편지 한 통을 건네고 갔었습니다.

"항상 하나님의 은총이 함께하길 빕니다."

단 16글자뿐이던 그 편지의 글씨가 그녀 것인 줄 그땐 전혀 몰랐습니다. 어떻게 사느냐고 묻지도 못했는데 그렇게 그녀와 또다시

헤어졌습니다. 위험한 유부녀…. 항공장교가 웃으며 겁주던 그 말
이 새삼 생각납니다. 그녀의 이름은 소영입니다. 한 번도 자기 성
을 얘기해 주지 않았는데 불현듯, 그녀가 소씨인지도 모른다는 생
각이 듭니다.

누군가에게 말하고 싶습니다

서연: 너 그때 왜 나한테 잘해 줬었어?

승민: …널 좋아했었으니까.

서연: 고백하는 거네? 오래도 걸렸다….

승민: 날 왜 찾아왔어? 집 지어 줄 사람이 그렇게 없었어?

서연: 궁금했어. 어떻게 사는지….

승민: 그딴 이유로 이딴 거 버리지도 못하고 이제껏 갖고 있는 거야?

서연: 넌 내 첫사랑이었으니까.

승민: ….

– 영화 〈건축학개론〉 중에서

＊

비가 내립니다. 오랜만에 아내와 함께 조조 영화를 보러 갔습니다. 영화가 끝나고 엔딩 자막이 올라가는 순간, 문득 생각나는 사람이 있었습니다. 그래서 감사하다… 그런 생각, 아주 잠깐 했습니다.

자리에서 일어서 나오면서 아내 제게 그럽니다.

"영화 보고 첫사랑 생각났어?"

"첫사랑은 무슨…."

괜히 당황스러워서 화장실로 들어갔는데 마음이 아련해집니다. 집에 돌아와 PC 앞에서 영화평을 쓰려다가 그만두었습니다. 부질 없단 생각이 든 때문입니다.

문득, 풋풋했지만, 어려서, 용기가 없어서, 그래서 비겁했던, 그 시절의 감정이 첫사랑이었음을…. 글로도 표현할 수 없었던 그 때의 감정이 내겐 첫사랑이었음을 이 나이에 창피하지만, 누군가 에게 말하고 싶습니다. 창밖에 비가 계속해서 내립니다.

– 2012. 4. 22. 일요일 봄비

그녀에겐 사랑인 것을

늦은 시간, 때를 놓친 저녁밥을 먹고 있는데 전화가 온다. 밥상 앞에 앉아 계시던 어머니가 전화기를 내게 건넨다.

"여자다. ○○라고 하네."

그녀다. 이런 시간에 집으로 전화한 건 전에 없던 일이라 왠지 불안하다.

역 앞에서 만난 그녀 뭔가 작정한 듯하다. 느낌이 그랬다. 아니, 이미 며칠 전부터 느낌이 그랬다. 아무런 말 없이 걸었다. 긴 침묵…. 내가 먼저 말한다.

"날 어디까지 생각하고 있는데…?"

"결혼."

그녀의 입에서 나온 그 말, 전혀 예상하지 못한 말이다. 너무 직설적이라 갑자기 멍해진다. 결혼이라는 걸 한 번도 생각해 본 적 없는데…. 하긴 따지고 보면 예상은 했어야 할 말이다. 이제 내가 뭔가 답을 해야 한다.

"너에 대한 확신이 내게 없어…."

그녀는 이런 답을 예상했을까? 어쩌면 그녀의 입에서 나온 결혼이란 단어는 마지막 절박함이었는지 모른다. 오래지 않은 시간 내겐 그저 동생이었고 그녀에겐 사랑이었다. 다시 긴 침묵을 깨고 내가 묻는다.

"너 상처받니?"

"아니, 괜찮아. 사람과 사람의 일인 걸."

그녀가 내 말투를 닮아 간다. 애써 씩씩한 척하는 것도. 많이 걸었다.

"늦었네, 갈게…."

"택시 잡아 줄게."

택시를 잡으려고 돌아서려는 나를 그녀가 돌려세운다.

"형, 안 되겠어. 형 아니면…."

닭똥 같은 눈물…. 마음이 애잔해진다. 손잡아 본 게 다인 그녀. 내겐 언제나 동생이었는데. 그녀는 언제부터 사랑이었을까?

"나랑 결혼해 주면 안 돼?"

이건 시험이다. 매정해질 수밖에 없다.

"내 생각은 같아…. 택시 잡아 줄게."

그녀를 택시에 태워 보낸다. 이건 그녀에게 사랑인 것을…. 이건 사랑이고, 사람과 사람인 것을….

*

"10년에 한 번씩만 기억해 주면 안 잡아먹지!"

나는 요 며칠 형의 메일을 받고서 마음이 괜스레 심난하고 서글프고 이상하더라고요. 여기 내려온 후로는 거의 잊고 살았던 사람들, 여기서 멈춰 돌아보니 일생의 어느 시기보다도 소중하고 잘 살았어야 하는 지나간 시간의 아쉬움. 특별한 수식어 없이 오직 나만을 위한 온전한 삶을 살지 못한 것 같네요.

참 철없던 시절이었죠. 철이 없는 만큼 순진하기도 했지요. ○○○가 지금도 있는지 모르겠네요. 기회가 닿으면 한번 둘러보고 싶네요. 친구 이야기로는 ○○도 참 많이 변했다 하더군요.

형, 유난히 하얀 얼굴, ○○ 친구, 나이는 ○○(벌써?), 술은 약간. 나야말로 형에 대해서 아는 게 없어요. 아 참, 좋은 사람이라는 거. 궁금한 건 많지만 묻지 않겠어요. 보고 싶다는 생각은 더더욱 안 들고….

형, 소식 너무 고맙고요, 지금 난 에너지 충전 중이랍니다. 10년 후 나를 되돌아볼 때 너무 많이 후회하지 않도록. 형의 단란한 가정에 항상 주님의 축복이 가득하길 빌게요.

10년에 한 번씩만 기억해 주면 안 잡아먹지! 안녕.

첫사랑, 그런 것에 대하여

남자는 한 여자를 버린 원죄로 아픈 20대를 보냈습니다. 남자가 전혀 상상도 못 했던, 사실과 달랐던 남자의 배신 이유 때문에 여자는 아픈 20대 초중반을 보냈습니다. 3년 후, 꼬인 인연을 풀려던 남자가 받아 든 건 여자의 결혼 청첩장이었습니다.

*

시작은 그날이었어요. 2012년 4월 22일 일요일에 봄비가 내렸죠. 〈건축학개론〉인가요, 아내와 영화관에 있었어요. 엔딩 자막이 올라가는 그 순간에 문득 생각나는 사람이 있었죠. 그리고 희한하게도 그래서 감사하다, 그런 생각이 들었어요. 상영관을 나오는데 아내가 그러더군요.

"첫사랑 생각났어?"

"첫사랑은 무슨…."

얼버무리고 화장실로 들어갔는데 가슴에 얹혀진 뭔가가 문득 답답하더라고요. 직장인이 되고 결혼도 하고 애도 낳고 살면서 잊고 살았는데, 실은 잊은 게 아니었나 봐요.

나중에 그녀와 자주 가던 카페엘리자벳 자리 맞은편 지하에 카페 리네가 있었어요. 직장인이었던 90년대 초중반 나중에는 학교도 집도, 직업도 달랐던 고등학교 친구 녀석 몇 명의 아지트였는데 생각해 보니, 리네가 아지트였던 건 없어진 엘리자벳 바로 앞이었기 때문이었죠. 머리는 잊었는데 가슴 언저리에 한시도 내려놓은 적이 없었더군요.

"당신은 죽기 전에 한 번은 보고 싶은 사람 있어?"

아내 말 때문만은 아닌 게 얼굴은 잊었는데, 한 날 한 날이, 말 하나하나가 너무 생생해져서 저도 모르게 그렇게 고스란히 그 봄날로 다시 뒤돌아갔어요. 서산여고 출신 두 살 어린 그녀를 처음 만난 건 따뜻한 봄날이었죠.

봄날이 참 따뜻했어요. 횡단보도 맞은편에 그녀가 있었죠. 그녀의 파란색 치마가 유독 눈에 들어왔어요. 길을 건너며 그녀의 6촌 오빠의 소개대로 엉거주춤 목례를 하고는 스쳐 지나갔어요. 따사롭던 햇살만큼 그녀는 예뻤죠.

다음 날 제네시아에서 그녈 다시 만났어요. 커피에 설탕을 넣다가 손이 떨릴까 봐 일부러 콜라를 주문했어요. 말띠였고 자긴 백마라 하는데 해에 따라 청마도 흑마도 있는 걸 그때 알았어요. 서산 출신들이 그 집안 자매를 가끔은 안다는 걸 군대에서 알았죠.

언젠가는 강의실로 찾아갔더니 그녀가 친구와 싸우고 울며 나갔다 하길래 도서관을 다 뒤져 그녈 찾아냈어요. 책을 펼쳐 놓은 채 앉아 울고 있더라고요. 불러낸 느티나무 그늘 아래서 그녀가 그랬어요.

"내가 아는 사람 모두 다 사랑해야 되겠다, 그런 생각했어요."

그러더니 나를 사랑한다 했죠. 사랑이란 단어가 너무 생소했어요. 듣지도 말하지도 못해 본 말이라 당황하고는 아무런 답도 못했어요. 지금 생각해 보면 사랑이란 말보다 중요한 게 너무 많았죠. 중요하지 않은 게 중요했던 시절이었어요.

언젠가 점을 보고 와서는 그랬죠.

"점장이가 ○○년생의 남자를 만나 사랑하고 결혼하래요."

내가 그랬던가요.

"나도 후보네."

그녀의 결혼 소식은 20대 중후반에 들었어요. 학교 졸업 후 바로 했더군요. 정확지는 않지만 남자는 나보다 2~3살은 많았다고 해요.

한번은 또 그랬어요.

"친구 정수와 점 보러 갔는데 점쟁이가 그러는 거예요. 이름에 '수' 자 때문에 집안에 우환이 있을 거라고. 정수가 그말 듣자마자 울면서 뛰쳐나갔어요. 며칠 전에 아버지가 돌아가셨거든요. 걔 '수' 자가 '목숨 수' 자였어요."

난 그녀의 얼굴을 잊고 살았어요. 그래도 파란색 치마와 제네시아와 목숨 수(壽) 자와 그녀가 했던 사랑이란 말이 이토록 선명한 걸, 그녀가 알까요?

*

오지 않는 날 기다리며 그녀가 2층 엘리자벳에 앉아 있던 그 시간에 난 소주 한 병을 들고 광장에 있었어요. 차가운 돌바닥에 앉았는데 아직 채 녹지 않은 눈길을 얼마나 걸었던지 바지 뒤축이 다 젖었더군요. 예상 못한 데다가 지금이야 우습지만 그때로서는 인생이 끝나는 일이었어요.

다음 날 집으로 전화한 그녀는 몹시 화가 나 있었어요. 3시간 넘게 앉아 있었다더군요. 아무 말도 하지 않는 내게 그녀는 몇 마디를 더 하고는 학교에서 보자 하고 전화는 끊겼어요. 모든 걸 잃었다는 상실감, 절망감. 지금 생각하면 바보 같지만 그땐 그랬어요. 그 시절엔….

세상을 등지는 방법이 죽는 거 말고는 군대밖엔 없더군요. 다 등지면서 그녀에게 여지를 남겨 주는 게 싫었어요. 의도치 않게 그 전화가 마지막이 되었지요. 전화 통화가 마지막이다 보니 얼굴을 보았던 마지막 날이 지금껏 기억이 잘 나지 않아서 오랫동안 서운했었죠. 며칠 동안 집으로 전화가 계속 왔지만 없다고 하라 하고는 받지 않았어요. 이렇게 끝내고 싶었던 건 아닌데 세상 모든 게 싫었거든요.

곧 군대에 자원입대했고 그녀는 무방비로 그렇게 남겨졌어요. 입대 후에도 계속해서 집으로 전화가 왔고 며칠을 날 찾아다녔다더군요. 군대에서 서산 출신 이등병이 전입되어 오면 가끔 그 집 자매를 아는 인력들이 있었어요. 그렇게라도 그녀를 만나는 유일한 통로였지요.

시간이 흘러, 잊기로 한 그녀를 다시 만나려 한 건 꼭 첫사랑이었기 때문은 아니었어요. 그녀가 이해한 내가 없어진 이유를 제대 후 나중에 들었죠. 복학 후 한참 지나 어느 날 우연히 학교 근처에서 몇 번 본 적 있는 그녀의 동아리 출신 아무개를 만났어요. 그가 절 보고는 놀라며 그랬어요.

"ㅇㅇㅇㅇㅇ ㅇㅇㅇㅇ 이유로 자기를 배신했다고 술만 마시면 울었어요, 걔⋯. 얼마나 힘들어했는데요. 왜 여기 있어요? 그럼 그게 아니었어요?"

전혀 생각도 못 해 본 이유였죠. 나중에, 아주아주 나중에 알았지만 군 입대 후 그녀가 큰누이와 나눈 마지막 통화가 원인이었어요. 군대 간 남동생 귀찮게 하는 여자아이 하나 떼어 낸다고 큰누이가 무심히 던진 한마디로 그녀에게도 내게도 깊게 상처가 남았어요.

그래서 그녀를 다시 만나야만 했어요. 장문의 편지를 썼지요. 편지를 쓰는 건 늘 익숙했는데도 그때는 좀 힘들었어요. 내 얘기를 처음부터 다시 해야 해서요. 그보다 문제는 그녀의 흔적이 남아 있지 않았단 거였죠. 어디서 뭐 하며 사는지 아는 사람이 주위에 없었어요. 다시 그 끈을 찾는 데는 반년 하고도 두어 달이 더 걸렸어요.

그 끈을 다시 이어 줄 동료 아무개를 서울역 근처에서 오랜만에 만났어요. 그녀를 만나면 좋았지만 여의치 않으면 편지라도 전해지길 바랐죠. 왜 만나야 하는지 그때 그에게 다 얘기했으면 아마도 마음의 짐 없이 다 지난 일이 되었을까요? 왜 헤어졌는지 그가 묻지도 않았지만 내 얘길 장황하게 해야 하는 상황이 싫어서 자세한 얘길 할 수 없었어요.

내 편지엔 관심도 없던 그가 내게 내민 건 때 지난 청첩장이었어요. 청첩장에 활자로 인쇄된 그녀의 이름 석 자가 신기했죠. 차녀라는 문구가 새삼스러웠어요. 그녀는 나와 나이가 같은 언니 얘기를 많이 했었어요.

"이 남자 몇 살이래?"

"너보다 2~3살 많을 걸⋯."

언젠가 점을 보고 와서는 그랬죠.

"○○년생 남잘 만나 사랑하고 결혼하래요."

"나도 후보네."

그날 촌스럽게 내가 그랬어요.

청첩장으로 인해 이제 모든 게 무의미해졌어요. 그녀의 이름이 새겨진 청첩장을 보던 날에 그에게 주려 했던 편지가 첫 번째 편지는 아니었어요. 그녀를 버리며 비록 비겁했지만 얼굴은 안 보더라도 편지라도 전해야 했어요. 그래서 썼죠. 세상을 버리며 어떠한 확신도 줄 수가 없었어요. 내 얘기를 솔직하게 쓰고는 용서를 빌었지만 사실 그게 완전한 이별이라고 생각한 건 아니었어요.

편지는 입대 직전, 그녀와 자주 가던 커피가 있는 풍경에 맡겼어요. 이후로 전혀 소식을 들을 수 없어서 인연이 거기까지인가 보다, 내가 저지른 잘못의 업보라 생각했죠. 군대라는 긴 시간과 공간이 그렇더라고요. 얼마간 참아지다가 잊어지는 거….

청첩장을 보던 날, 두 번째 편지는 4등분해 서울역 대합실 쓰레기통에 버렸어요. 종이를 4분등해 버리는 작전병의 오랜 습관이 그대로 남아 있었죠. 첫 번째 편지가 전해지지 않았음은 복학 후 한참 만에야 알았어요. 그녀가 이해한, 내가 어느 날 갑자기 없어진 이유…. 전혀 생각도 못 해 본 이유였죠. 내가 무슨 일을 저질렀는지 알겠더군요. 그녀가 편지를 읽었다면 인생이 바뀌었을까요?

두 번째 편지는 그래서 썼어요. 그때는 가슴에 얹혀진 마음의 짐이 이렇게 오래갈 거라고 생각 못 했는데 말이죠. 왜 하필이면 그날 그녀를 엘리자벳에서 만나기로 했을까요.

*

비가 온다더니 새벽 내내 내렸나 봐요. 신기하지요. 생각도 못

했는데 이 글을 쓰며 지금 엘리자벳에 앉아 있어요. 조금 일찍 도착했네요. 남자 사람을 술집이 아닌 커피숍에서 기다려 보는 게 얼마 만일까요. 그가 보내 준 약도가 얼추 거기였길래 미리 둘러볼까 했는데, 와 보니 바로 없어진 엘리자벳 그 자리입니다.

그때처럼 2층에 자리를 잡았어요. 통유리 창문 너머 맞은편 아래로 한때는 아지트였던 리네 자리 지하 통로도 보여요. 벽에 있던 수잔 헤이워드를 빼고는 이곳 모습에 기억나는 게 하나도 없어요. 수잔을 처음 보던 날, 그녀가 물었죠. 저 여자 누구냐고…. 우습게도 난 영화를 본 적도 없으면서 〈정복자〉의 볼테 공주를 모르냐고 되물었어요.

'이 남자는 수잔 헤이워드가 좋다고 한다. 리즈 테일러보다.'

그녀는 내 앞에서 수첩 속에 그렇게 적었어요. 예쁜 글씨였지요. 수잔이 살아 있다면 아마도 100살을 조금 넘겼을 거예요. 수잔의 초상화가 걸려 있던 엘리자벳의 비 내리던 늦가을날…. 그녀가 잊었다면 수잔과 그 늦가을날을 아무도 추억하지 않겠지요. 새벽에 비가 얼마나 왔을까요. 완연히 겨울이네요.

1984 엘리자벳을 나왔어요. 나와 보니 머치스커피라 쓰여 있네요. 만나면 뭐 할 건데…. 만난다 한 적 없는데 가끔 그렇게들 물어봅니다. 왜 버렸는데는커녕 그녀가 뭘 오해했는지 아무도 안 물어봅니다. 글 뒤에 숨어 있자니 체기가 가시지 않습니다. 극히 개인적인 얘기를 말로 하기엔 앞뒤가 조금 복잡해서요.

편지는 세 번 썼습니다. 만나고 싶다는 생각을 안 하는 건 아니지만 얼굴 보는 게 꼭 의미 있는 건 아니라서요. 커풍에 맡긴 첫 번째 편지와 서울역 쓰레기통에 찢어 넣은 두 번째 편지가 나도 궁금해집니다. 근데 생각해 보면 '내가 좀 힘들었어. 그리고 나 그런 나쁜 놈 아니야.' 하는 자기변명, 뭐 그런 거였죠. 이런⋯. 나쁜 놈 맞네요. 전달할 방법은 없지만 몇 년 전 쓴 세 번째 편지엔 내용 별 거 없어요.

"잘 지냈나요? 나도 잘 지냈어요. 가끔, 아주 가끔은 생각하며 살았어요."

몇 마디 더 있지만 뭐 그 정도가 다예요. 가슴에 얹혀 있는 돌 하나가 좀 무거워요. 말로 하면 조금은 가벼워질는지요. 진짜 하고 싶은 말, 이거네요. 빨리 지나가기만을 바랐던, 그래서 다가오는 사람들에게 곁을 내주지 않았던 이상했던 20대 그 시절에 그녀를 만났던 1984년은 내게 아주아주 소중했던, 그래서 아름다웠던 시절이었다고요.

*

"병철 아우님, ○○이 예쁘죠?"

그녀의 단발머리 얘기를 하다가 그녀의 선배에게 내가 그랬다.

"그냥⋯ 다부져요."

예쁘다는 말이 쑥스러워 내가 내뱉은 표현은 참 촌스러웠다. 다부지다는 말의 의미를 알기 위해 그녀는 하루 종일 이 사람 저 사람에게 묻고 다녔다던가.

– 2020년의 겨울날

구례 가시네, 그녀는

구례 가시네인 그녀는 늘 내게 서산 여자 얘기를 했다. 둘은 선후배 사이였지만 나이 차 탓으로 한 울타리에서 알고 지낸 적이 없다. 그녀는 꾸역꾸역 서산 여자 생김새며 몸짓들을 되새김질했다. 나도 모르는 걸 듣고 와서는 되새김질할 때마다 서산 여자는 전설이 되었다.

"네 첫사랑이잖아."

그래서 어쩌라고⋯. 가기 싫다는 걸 억지로 태워 보낸 구례행 버스터미널에서 구례 가시네는 애를 갖고 싶다 그랬다.

"내 첫사랑이니까."

그래서 어쩌라고⋯. 구례 가시네는 커다란 붓으로 글씨를 썼다. 월출산 자락에서 만난 갱상도 남자의 씨로 애를 가졌지만 더는 글씨를 쓰지 않는다. 빛바랜 친척 형의 낡은 양복을 더는 입지 않게 되던 28살의 겨울날에⋯.

'형은 내 첫사랑인 걸⋯.'

그랬다. 영등포 뒷골목 포장마차 축 늘어진 오징어처럼 늙어졌지만 12월 끝무렵에나 메일 속에서, 10년에 한 번씩만 기억해 주면 안 잡아먹지. 그런다.

서산 여자, 그녀는

서산 여자는 어느 순간 전설이 되었다. 친할 것도 없는 선배 홍길동이도, 사람이 궁금했던 후배 은실이도, 심지어 구례 가시네도 나도 모르는 서산 여자의 근황을 중계했다. 어디에 산다는 둥, 무슨 일을 하고 있다는 둥, 누굴 만난다는 둥, 그래서 언제 결혼한다는 둥…. 본 적조차 없으면서 얼굴상이 어떻다는 둥, 성격은 또 어떻다는 둥, 나도 모르는 걸 그들은 내게 조잘거렸다. 시큰둥한 내게 그들은 어김없이 그랬다.

"너… 첫사랑이잖아."

그래서 어쩌라고…. 그들이 어무리 떠벌려도 한 장의 사진도, 연애편지 한 장도 남아 있지 않은 채. 모든 흔적은 사라졌다. 세월이 흘러 흔적뿐만 아니라 머릿속 기억들조차 하나둘 지워져 버렸다.

세월이 더 흘러 구례 가시네에게 내가 그랬다.

"왜 난데?"

"너? 내 첫사랑인 걸."

그래, 내게도 첫사랑이 있었다. 세월이 좀 더 많이 흘러 옛 동네 어귀 느티나무가 궁금해질 무렵, 신기하게도 서산 여자도 궁금해졌다. 그리고 SNS상에서 마주한 서산 여자의 얼굴은 내가 아는 얼굴 그대로다. 잊은 게 아니라 잃어버렸던 게지.

서산의료원 상가에서 어렵게 만난 서산 여자의 친척 오빠에게 내가 물었다. 서산 여자 어디에 어떻게 사느냐고….

"왜 궁금한데?"

무슨 이유인들 의미가 있을까. 연락처도 편지도 만남도 거절한 그에게 내가 다시 물었다.

"왜 만나면 안 되는데?"

그가 그런다.

"너? 첫사랑이라며…."

짝사랑,
그런 것에 관한 수채화

두 통의 편지를 썼습니다. 한 통은 그녀에게, 또 다른 한 통은 또 다른 그녀에게. 날 버린 사회에 쫓겨 군대로 도망가기로 결심한 날, 난 지금에 와서 첫사랑으로 명명하는 그녀를 버렸습니다.

그녀가 상처받지 말기를 바라며 쓴 편지엔 담담한 자기 고백을 담았으나 3인칭이었습니다. 또 다른 편지엔 온전히 내 이름으로 1인칭이었습니다. 한 통은 커풍에 맡겨졌으며, 또 다른 한 통은 고이 접어 바지 주머니 속에 넣었지만 두 통 모두 끝내 전해지지 못했습니다.

K씨… 지금에 와서 짝사랑으로 명명하는 그녀의 이름 석 자를 난 온전히 알지 못합니다. 그녀의 집 대문에 걸린 문패가 K였으며 그녀의 오빠가 K였으니 그녀도 K였고, 난 'K씨' 그녈 혼자 그렇게 불렀습니다.

아침마다 그녀와 난 반대 방향을 보고 등교길을 걸었습니다. 마주 보고 스쳐 지나가던 그 언덕길에 그녀가 보이지 않는 날은 우울한 하루로 시작했습니다. 보아 온 시간이 있으니 아는 척 인사 정도 할 만도 했지만 난 속마음을 들키고 싶지 않았으므로 인사할 수 없었습니다.

　조금 더 시간이 흘러 같은 방향을 보고 걸어야 했던 날마다 그녀가 내 뒤에서 걸어오거나 내가 그녀 뒤에서 걸었습니다. 그녀의 느린 발걸음에 뒤에서 내 보폭을 맞추는 건 쉬운 게 아니었습니다. 이제 아는 척 인사 정도 할 만도 했지만 난 속마음을 들키고 싶지 않았습니다. 입대를 앞두고 난 편지를 호주머니에 넣은 채, 고민이 있다며 그녀의 오빠에게 집으로 찾아갔습니다.

　편지는 지난 7년여간의 기록을 수채화로 담았습니다. 그녀가 그저 부담스럽지 않도록 수채화 한 장으로 바라보길 바랐습니다. 그녀를 처음 보았던 78년의 겨울날, 그녀가 늘 있던 그 골목길에 나도 늘 있었다고 썼습니다. 그녀가 아침마다 걸어 내려오던 아카시아 언덕길을 나는 아침마다 올랐노라고 썼습니다. 그녀의 엄마가, 그녀의 오빠가 가끔 아주 가끔 막내딸과 막냇동생의 얘기를 내게 했었노라고 썼습니다.

　또 그녀가 전철에서 읽던 그 책을 찾기 위해 배다리 헌책방을 다 뒤졌으나 끝내 찾지 못했다고도 썼습니다. 전철 플랫폼에서 나란히 서서 보던 그녀의 옆얼굴이 그날 아침의 선한 바람에 닮아 있노라 썼습니다. 그녀가 살아온 세월만큼 나도 그렇게 자랐노라고 썼습니다. 그리고 그녀의 이름 석 자 온전히 알고 싶다고 썼습니다. 아마도 다시 만나지지 않으리라 썼습니다.

　그날 편지는 전하지 못했습니다. 그녀와 마주 보고 인사하며 용기가 없기도 했지만 불현듯, 제 속마음을 끝내 들키고 싶지 않았기 때문입니다. 누군가를 사랑하는 것, 아니 몰래 사랑하는 것. 바보스럽지만 여전히 내겐 진행형입니다.

그 작은 언덕처럼 말입니다

　그녀입니다. 문틈으로 언제나처럼 다소곳이 앉아 책을 읽는 모습이 보입니다. 문을 열고는 그가 그녀를 불러 나를 소개합니다.

　"○○이 알지?"

　"어~ 내가… 잘~ 모르지."

　그녀는 담담합니다. 시린 맘 알면서 애써 감추는 그녀의 얼굴이 나를 슬프게 합니다. 어색한 인사 뒤에, 빛바랜 합판으로 된 사각 밥상 위에 펼쳐져 있는 책을 그녀가 치웁니다. 펼쳐져 있는 페이지의 소제목, 「사람이 위에 있다」.

　'그녀는 무슨 책을 읽을까?'

　원제목을 보지 못해 못내 서운합니다. 전철에서도 그녀는 저 책을 보고있었습니다. 저 책을 찾으려 배다리 헌책방을 다 뒤졌으나 끝내 찾지 못했지요. 그녀가 나가고 그가 내게 묻습니다.

　"뭐 마실래?"

　그녀에게 시킬까 봐 내가 거절하지만 이내 그가 술상을 차려 옵니다. 학교 문제로 그를 만나야 했지만 바지 주머니에는 그녀에게 쓴 편지가 있습니다. 내게 손편지는 늘 익숙했습니다. 그녀에게 할 말도 그리 어렵지 않게 풀어 썼습니다. 쓰고 나니 그도 내 인생이 더군요. 다만 그녀가 부담스럽지 않도록 수채화 그림처럼 편지를 읽기 바라며 썼습니다.

생각해 보면 신기한 일입니다. 그 오랜 세월 늘 아침마다… 마주치거나 앞뒤로 걷거나 전철 플랫폼에 나란히 서 있었으면서도 인사조차 없었으니말입니다. 마음을 헤아려 애써 표정을 감추는 게 어떤 건지는 겪어 봐서 잘 압니다.

때때로 막냇동생과 막내딸의 얘기를 내게 했던 그와 그의 어머니가 그들보다 훨씬 이전부터 내가 그녀를 알았음을 알 리 없겠지요. 그는 학교 문제인 내 고민을 다 들어 주고는 진심 어린 조언을 합니다. 예상은 했지만 제가 원한 답은 아니었습니다. 이 대화로 인해 저는 이제 군대에 가야 합니다.

그녀 때문에 취하지 않으려 했지만 이미 취했습니다. 불행하게도 주머니 속 편지를 전하지 못하리란 생각은 오는 내내 이미 했었습니다. 그래도 뭔가 서글퍼집니다. 마지막이란 건 그런 것이겠지요. 그렇게 술 몇 병을 비우고 그와 헤어지는데, 문 앞에서 그녀가 인사합니다.

"또 뵐게요."

그녀가 웃습니다.

역시나 편지는 전하지 못하겠습니다. 낯익은 골목길을 지나 대로로 나오니 마음이 애틋해집니다. 걸어가는 그녀의 아침 길에 그녀를 지나칠 수 없어서 그 보폭에 맞추어 뒤에서 걷는 게 얼마나 어려운 일이었는지 그녀가 알기나 할까요.

군대라는 긴 시간과 공간 끝에 언젠가 그녀도 잊히겠지요. 그녀를 처음 보았던 그 골목길과 아침마다 마주치던 등교길 그 작은 언덕처럼 말입니다. 어둑해진 밤공기가 조금은 차갑습니다.

- 1985

정체 모를 그 어떤 사랑

그가 묻는다.

"50억 원이 생기는 거 말고, 투명인간이 되는 거 말고, 한 400년 살아 보는 거, 그딴 거 말고 지금 뭘 하고 싶어?"

반백 년 사는 동안 열일곱 고개 때나 들어 봤을 질문이 낯설다.

'지금 뭐가 하고 싶냐고…? 새꺄….'

식은 커피 앞에서 순간 머리도 하얗게 식어 버렸다. 나만큼 처먹은 저 나이에 저런 질문도 하는구나. 그가 속으로 울려 한다. 술이 필요한 게지.

"아름다운 사랑이 하고 싶어. 지금 당장."

그의 표정은 뻥, 뚫렸다. 지만큼 처먹은 저 나이에 그런 대답도 하는구나. 그는 내 말을 되뇌고 있다.

"아름다운 사랑… 아름다운 사랑…."

이건 아닌데…? 나쁜 시키. 내게 하고 싶었던 그 말을, 그는 놓쳤다. 그놈의 지랄 맞은, 정체도 모를 그 사랑 때문에.

우리는 모두 누군가의 첫사랑이었다

그녀를 만난 건 그녀 때문이었다. 무작정 찾아간 그녀의 학교 과 사무실에서도 이미 졸업한 그녀의 흔적을 찾을 수 없었다. 그녀가 몸담았던 동아리방에서도 그녀의 행방을 아는 누구도 만나지 못했 다. 힘없이 돌아서는 날 현관문까지 따라와 그녀가 그랬다.

"아는 사람 있으면 연락드릴게요. 연락처 하나 적어 주고 가세요."

그렇게 나는 형이 되었고 그녀는 동생이 되었다. 그녀와 그녀는 나이 차 탓으로 한 울타리에서 알고 지낸 적이 없지만 그녀는 끊임 없이 그녀를 얘기했다. 그러고는 늘 그랬다.

"형의 첫사랑이잖아."

2년이 흘러 스물여덟이던 그해 여름날, 그녀가 그랬다.

"사람 땜에 아파."

그 사람이 내가 아니길 빌었다. 그해 겨울날, 그녀가 또 그랬다.

"형은 내 첫사랑인 걸⋯."

취객 하나를 두들겨 팬 쇼크로 난 술을 끊었다. 그 술을 다시 마 신 건 그녀 때문이었다. 서른 살의 초입, 그녀를 만났던 지난 기간 동안 난 형이었고 그녀는 동생이었다. 첫사랑이었던 그녀를 버렸

듯, 내가 첫사랑인, 내 아이를 갖고 싶다는 그녀를 버려야 했으므
로 이제 형도 동생도 될 수 없었다. 나를 포함해 내 주위는 늘 그렇
게 사람 때문에 아팠다.

"형의 첫사랑이잖아."

"형은 내 첫사랑인 걸…."

우리는 모두 누군가의 첫사랑이었다.　　 – 영화 〈건축학개론〉 중에서

그냥 인연인 걸요

살아가다가 문득
그냥 생각나면
부담없이

횡단보도 앞에서든
이디야커피숍 문 앞에서든
안양천 갈대숲 언저리에서든
변두리 골목길 허름한 한아름슈퍼 처마 밑에서든

우연히 그냥 한번 뵈어요
아무렴 어때요
그냥 인연인 걸요
다들 그렇게 사나 보던데요

설렘, 때문에

　이름이 'ㅇ동원'인 탓에 그녀의 밑에 또래들은 참치 언니, 그렇게 불렀어. 성격이 어찌나 좋았는지 대놓고 나를 좋아한다 소문을 내놔서 부장도 알 정도였지.

　어느 날 부서 회식이 끝나고 언니들이 내게 쪼르르 달려와서는 그랬어. 동원이 취한 듯하니 집까지 바래다주라며 택시까지 잡아 둘을 집어넣다시피 했어. 그렇게 남의 사랑놀이에 힘을 보태고 싶었던 걸까. 회사에 사내 결혼이 많은 이유를 알겠더라고.

　멀기도 했지. 내 집과는 정반대 길을 달려 집 근처라며 내린 곳은 ㅇㅇ동이었어. 나야 초행길이니 그녀 말대로 잠시 걸었는데 여관 골목이었던 그 길에서 그녀가 그랬어. 오늘 집에 안 들어가도 된다고…. 언젠가 한번 복도에 서서 내가 그녀에게 물었어.

　"너 나를 왜 좋아하는데?"

　생각 안 해 본 이유였지. 차가워서 좋아한다고…. 그날 여관 골목에서 내가 얼마큼이나 고민했는지는 잘 모르겠어. 손을 잡고는 좀 더 걸었으니 말이야. 그녀 집도 확인 안 하고 대로로 나와 택시를 탔지. 그때 그녀 얼굴이 생각나.

그로부터 일주일 후, 그녀는 회사를 떠났어. 마음이 좀 무거워서 퇴사 전에 밥이나 하자고 신촌역 근처 세바스찬에서 만나기로 했는데 그녀는 끝내 안 나왔어. 그녀가 어떤 마음이었을지 지금도 난 알지 못해.

사실 날 마음에 품었던 여직원이 몇 더 있었어. 짝사랑이란 건 주위에선 몰라도 그 당사자는 알잖아. 그 시린 맘. 이 얘기를 왜 하냐고? 글쎄 이유가 있겠지. 그녀를 밀어내고 그 시린 맘들 애써 외면한 건 사실은 타 부서 ○○대리 때문이었어. 나보다 2살 많은 선배 사원이었던 그녀를 처음 보았을 때부터 설레었거든. 결혼 상대가 있었고 결혼과 동시에 회사를 떠나며 끝나 버린 그 설렘 때문에….

이 얘길 왜 하냐고? 글쎄…. 이유가 있겠지. 지금 그 설렘에 대하여….

설렘, 늘 그랬나 '봄'니다

무엇을 하며 이 하루를 보내고 있는지…
무엇을 하며 이 짧을 봄날을 지나고 있는지…
문득문득 생각나는 건 애틋함 그런 것이겠지요

오래전 아주 오래전 어릴 적 모습뿐만 아니라
커 가며 아무런 추억도 어떤 모습도 제게 없습니다
그런데도 마음이 평온해지는 건
머릿속 그 동네, 그 언덕, 그 나무가
다르지 않기 때문일 겁니다

오래된 인연 자체로 아름다운 것일 테니까요
부담스럽지 않도록 말을 아끼는 중입니다

설렘… 늘 그랬나 '봄'니다
봄인 걸요

애틋함, 그 조각들

여자의 이름은 '후'입니다. 여자는 일주일에 한 번 도시락을 싸서는 당뇨발 전문병원이 있는 중화동에 남자를 만나러 갑니다. 그리고 매주 토요일 오후엔 집 근처 산에 오릅니다. 그러고는 자신의 블로그 앞에서 일상을 기록합니다.

여자는 그림을 그렸습니다. 지금은 꽃을 팝니다. 그림 다시 안 그리느냐 물었습니다. 그러더군요. 원래 얼굴, 손, 발을 그렸는데 썩은 발 때문에 얼굴도 손도 발도 그리기 힘들어졌다고요.

위태로운 일상에 갇혀 사는 그녀에게 내가 해 줄 수 있는 건 두 무릎 모아 그저 말을 들어 주는 것. 마음이 애틋해집니다.

*

자정까지 닭을 튀기는 그녀에게 방해되지 않으려 문 닫기 30분 전에 그녀 가게 앞에 서 있었습니다. 24년 만에 만나는 그녀를 바로 알아볼 수 있었는데, 그녀는 절 바로 알아보진 못했지만 이름 석 자 기억하고는 반갑게 인사했습니다. 그녀의 가게 의자에 앉아 처음처럼 한 병을 같이 마셨습니다.

"잘 지냈나요?"

얼굴도 말투도 하나도 변한 게 없어서 반가웠지만 삶의 질곡으로 그녀의 어깨는 무거워 보입니다. 이 늦은 시간에 혼자서 닭을 튀기는 그녀의 얘기를 들었습니다.

24살 그녀는 학사주점 테이블에 머리를 숙이고는 그 테이블을 손가락으로 꾸욱 누르고 있었습니다. 30살 온통 세상이 혼자라던 그 겨울날에도 그녀는 막걸리를 마시다 말고는 테이블에 머리를 숙이고 그 테이블을 손가락으로 꾸욱 누르고 있었습니다.

그 오랜 습관이 아직도 남아 있을지는 알 길 없으나 그녀의 얘기를 그때도 이렇게 들었었지요. 내 고교 후배이기도 한 그녀의 동생 안부며 힘들었을 사회생활, 가족 얘기며 오랫동안 있었다는 인도의 바라나시며 지나온 세월들을 얘기했습니다.

과거에 아무 사이도 아니었고 지금도 아무 사이가 아닌 그녀의 웃는 얼굴이 조금은 변한 듯하지만, 그녀를 처음 보았던 89년 4월의 햇살과 그녀가 입었던 빨간색 스웨터를 내가 아직도 기억하는 걸 그녀는 모르겠지요.

삶, 살아가는 것에 관하여

커 가면서 알겠지요

11살짜리 통 큰 딸아이, 부모 선물로 효도 쿠폰을 무려 100장을 만들었습니다. 안마에서 설거지에 심부름 쿠폰까지 그 종류도 다양합니다. 한 이틀 열심히 심부름도 하고 안마도 하더니 이제 귀찮아졌나 봅니다. 슬슬 말 안 듣는 걸 보니 효녀라고 자랑하긴 글렀습니다. 밖에 나가면 예의 바른 아가씨인데 집에서는 말괄량이입니다.

얼마 전엔 학교 시험지를 들고 왔는데, 내가 보기에 형편없는 시험 점수입니다. 이 정도면 내 실력에 잘한 거라고 떠벌립니다. 바로 위 아들놈 시험 점수에 목을 메는 아내도 딸아이한테는 언제나 관대합니다. 이를 아는 딸아이 언제나 느긋합니다.

퇴근 후 책상에 앉아 있는 딸아이가 대견해서 넘겨보면, 지가 좋아하는 아이유 언니에게 편지도 쓰고 아이유 주연 소설도 씁니다. 언제 공부하는지 잘 모르겠습니다. 그래서 가끔, 아주 가끔 걱정도 되지만 그냥 팔자려니 믿기로 했습니다.

얼마 전 대전에 계신 아버지 산소에 다녀왔습니다. 절하고 일어섰는데 딸아이가 느닷없이 그럽니다.

"아빠, 할아버지 한번 안아 드려."

그래서 비석을 끌어안았는데 쓸데없이 눈물이 납니다. 딸아이의
말이 고마웠나 봅니다.

요즈음 아이들, 생각과 행동들 이해하기 어려운 게 있지만 본질
과 기본이 뭔지만 알면 나쁜 짓 안 하고 건강한 맘으로 잘 살겠지
요. 그렇게 믿는 것도 욕심인지 잘 모르겠지만, 어치피 커 가면서
세상이 만만치 않다는 걸 스스로 알게 될 테니까요.

- 2011. 5. 17

집 대문 앞에 잠시 앉다

아주 긴 하루 보내다. 중요한 서류에 도장 찍기 위해 토론하고 경청하고 설득하다. K를 만나기 위해 커피숍에서 기다리다. 커피숍 창문 너머 지나가는 사람들의 일상이 바쁘다. J에게 문자 보내고 통화하다. 전화기 너머 바닷바람 소리 듣다.

오후 늦게 도장 찍고 술 마시다. 술 마시며 세상이 녹록지 않다는 생각하다. 취해 걷다가….

"몸 생각해서 술 조금만 마셔."

이틀 전 J가 보낸 문자 생각나다. 사랑하는 아내에게 전화하고 씩씩하게 말하다. 늙으신 엄마에게 전화하고 씩씩하게 말하다. 오랜된 벗에게 전화하고 역시 씩씩하게 말하다. 그리운 누이에게 전화하고 통화하다가 울컥하다.

집 대문 앞에 잠시 쪼그려 앉다.

– 2012. 11. 1

화요소주 한 병 들고 갈 생각입니다

가끔 감방에 갇혀 지낸다고 투덜거리던, 다대포 앞에서 군대 생활하던 아들 녀석이 출감(?) 후 집에 왔습니다. 온 지 며칠 되었는데 얼굴은 어젯밤 처음 봤습니다. 전 제 친구, 녀석은 지 친구 이렇게 모임 자리 끝나고 늦은 시간 만났습니다. 술에 취해 비틀거리는 지애비가 안돼 보였는지 커피 한 잔 마시자는 걸 24시간 대포집에 끌고 가 쓴 쇠주 한잔 더 했습니다.

"학장동 알아?"

다대포에서 멀지도 않은데 녀석이 모릅니다.

"아빠가 얘기 안 했나?"

말하고 보니 얘기한 적 없습니다. 기억은 잘 안 나지만 주저리주저리 꽤 길게 얘기하고 녀석은 잠자코 듣기만 했습니다. 80년대 중반이니 녀석 나이였나 봅니다. 그렇게 그렇게 세상이 싫어서 군대로 도망쳤지요. 그리고 쓸데없이 녀석의 할아버지 얘기하다가 좀 오버했습니다. 퉁퉁 부은 얼굴 애써 외면한 마음속 짐 얘기하다가 또 울컥했으니 말입니다.

토요일에 녀석과 함께 갑동에 누워 있는 녀석 할아버지 만나러 갑니다. 오랜만에 화요소주 한 병 들고 갈 생각입니다. 내가 한 잔, 녀석이 한 잔…. 말은 없겠지만 좋아는 하겠지요. A가 말입니다.

- 2019. 1. 10

아버지는 목요일에 그렇게 떠났다

전화기 너머 김 교수는 무덤덤하다.

"그러시면 금요일에 모시고 오세요."

"그날은 중요한 약속이 있어서…."

"그럼 다음 주 금요일로 시간 잡죠."

역시 무덤덤하다. 금요일 거래처 김 사장을 만나면 내가 무엇을 주고 무엇을 받아야 하나? 누가 잘났는지 내기라도 하려는 걸까? 돈과 사람이 걸려 있어 머릿속이 복잡해진다.

목요일, 아버지가 돌아가셨다. 급히 병원을 수소문하고 장례식 장에 제단을 만들고 배달된 근조 화환들을 정리한다. 어떻게 이 하루를 보내고 있는지 생각할 틈도 없다. 울 시간이 차마 없다니. 다음 주가 아니라 금주였어도 아버지는 돌아가셨을 터이다.

상주인데도 장례식장을 벗어나 주차장 구석에서 담배를 물었다. 손이 떨리고 있다. 다음 주가 아니라 금주였어도 아버지는 돌아가셨을 터이다. 담배를 물고 지는 해를 바라보니 그제야 눈물이 난다. 여전히 손이 떨린다. 이제 눈물을 주체하기가 힘들다. 다음 주가 아니라 금주였어도 아버지는 돌아가셨을 터이다.

'그러시면 금요일에 모시고 오세요.'

김 교수의 무덤덤한 목소리가 다시 들린다.

'그날 중요한 약속이 있어요.'

다음 주가 아니라 금주였어도 아버지는 돌아가셨을 터이다. 그
날 목요일에 아버지는 그렇게 내게서 떠났다.

- 2009. 10

문패도 없는 집 대문에 서서

집을 옮겼습니다. 아직 정리되지 않은 어수선한 거실 귀퉁이에 앉아 컴퓨터선을 정리하고 있는데, 걸레질하던 아내 느닷없이 그럽니다.

"우리 일곱 번째 이사했네."

그러고 보니 결혼 후 많이도 이사했습니다. 돈 때문에, 교육 때문에, 일 때문에… 여러 이유로 집을 옮겨 다녔습니다. 옛일들이 아련히 떠오르고…. 뭔가 회한에 젖은 아내 얼굴을 쳐다보니, 갑자기 울컥해집니다. 그동안 힘들었을 아내에게 괜히 미안해집니다.

어른이 되면서, 부모가 사는 본가와 조금씩 조금씩 멀어져 갈 때, 그래서 코흘리개 동창들과 어울려 뛰어놀던, 그 옛날 동네 골목길을 잊어버릴 때마다 지금은 안 계신 내 아비는 늘 섭섭해하셨습니다. 타지를 떠돌며, 내 아내도 그렇게 그렇게 섭섭했던 모양입니다.

어젯밤, 낯선 골목길을 돌아… 문패도 없는 집 대문에 서서 다시금 살아감을 생각합니다.

- 2012. 2. 1. 세상이 하얀 날에

67

끝내 비통함이 되었다

22살의 청춘이 K-1소총을 어깨에 걸머진 채 완전군장으로 산을 넘는다. 땀이 비 오듯 흐르고, 어딘지도 알 수 없는 밤의 계곡을 몇 개나 지나, 차디찬 얼음물 위로 낡은 군화가 첨벙거린다. 그 뒤를 23살의 청춘이 7명의 수색대원들을 이끌고 땀을 비 오듯 흘리며 쫓는다. 새벽의 고요를 깨우고 요란한 굉음과 함께 그 소속을 알 수 없는 군트럭 행렬이 부대 앞을 통과했음을 위병소 초병이 보고한다.

23살 수색소대장은 산속 민가에서 인질을 잡고 있는 22살의 아우와 조우하고, 그의 요구대로 무장을 해제한 채 방 안에 마주 앉았다. 군단의 저격수가 배치되고, 그 또래의 청춘들이 대열을 정비하는 사이로 새벽의 어둠이 서서히 걷히고 있다. 1시간이 흐르고 단발의 총성이 새벽의 가슴을 깨운다.

방 앞 맨 앞에 있던 불혹의 작전중사가 방 안으로 뛰어들고, 벽면 가득히 핏물과 살점들이다. 120원짜리 총알로 자신의 골통을 무참히 날려 버린 22살 청춘의 주검 위에 엎드린 23살의 청춘은 울고 있다. 산속에서 처음 만나 1시간 만에 그렇게 그 둘은 헤어졌다. 1

시간 동안의 그들의 대화는 군 기록으로 남았다. 기록되지 않은 또 다른 대화는 23살 청춘의 머릿속에 박혀 고통이 되었다.

또 다른 23살의 나는 상황실에 앉아 내 작전구역으로 들어온 탈영병이 궁금하다. 아침 6시, 여단 상황병의 비상 상황 종료를 알리는 긴급 전통의 말미는 이랬다.

「억만겁이 흐른 뒤 나 죽어 환생해도 그녀만을 사랑하리」

"이거 전통 내용으로 정식 기록합니까?"

"상황장교 지시야. 기록해, 인마."

22살 청춘이 탈영 전 내무반 벽에 쓴 그 한 줄은 내 수첩 속에 고통으로 남았다. 오래전, 아주 오래전…. 그해 4월의 첫날은 그렇게 열리고 닫혀 끝내 비통함이 되었다.

젊은 날의 초상

양평행 기차를 탑니다. 의외로 한가하군요. 영국 사람들은 기차 옆자리에 앉은 사람과 종착역에 도착할 때까지도 한마디를 나누지 않는다고 어느 책에선가 읽은 기억이 납니다. 그런 것으로는 우리나라 사람들도 마찬가지겠지요. 다만 영국 남자들도 옆자리에 예쁜 여자가 앉지 않나 기대하는지는 모르겠지만요.

마주한 제 앞 좌석에 한 남자가 있습니다. 양복을 입었지만 일주일 이상은 벗지 않은 몰골입니다. 덥수룩한 수염에 세수한 것이 언제인지 본인도 모를 것 같습니다. 다리 위 검은 봉지 속에 무언가 먹을 게 있습니다. 좌석 옆에 소주도 있습니다. 이미 반병은 마셨습니다. 한 손에 성경책이 눈에 띕니다.

내가 맘에 들었는지 용기를 내서 말을 건네오는군요. 어디 가시냐고…. 조금은 귀찮았지만 적당히 둘러대서 대답을 합니다. 학교 선생님이냐고 묻는군요, 그렇게 보인다고. 면사무소 서기 같다고 하는 것보다는 낫습니다. 또 적당히 둘러댔습니다. 성경 얘기를 하고 싶은 모양입니다. 자기는 성경을 연구한다고 내게 한 구절만 읽어 보라고 권합니다.

낡은 성경책입니다. 펼친 곳이 로마서군요. 아무리 읽어도 로마서는 어렵다고 제게 설명합니다. 전 로마서라는 게 성경에 있는지 첨 알았습니다. 간곡한 부탁에 마지못해 읽은 건 아닙니다. 그냥 정말로 읽어 보고 싶다는 생각이 들었습니다. 왠지는 저도 모릅니다. 읽었지만 어렵군요. 낡은 성경책을 다시 건네받고는 웃습니다. 바보 같은 웃음인데 그리 웃기지는 않습니다.

한참을 말없이 창밖을 보다가, 난데없이 이렇게 얘기합니다.

"세상 살기 참 힘들죠."

성경이 아직 덜 연구된 모양입니다. 그런 말을 하는 걸 보면….

기차가 양평에 들어섭니다. 잘 가라고 했더니 그냥 씩 웃습니다. 역시 바보 같군요. 내려서 걸으면서, 걸어가면서, 갑자기 뒤꼴이 멍하니 땡겨 옵니다.

은행에 갔었습니다. 아주아주 오래전, 학생 시절에 지금의 나보다 10년은 어렸을 은행원이 제게 그러더군요.

"학생, 세상 살기 참 힘들죠."

그 말이 너무나 충격적이라서 일주일 동안 학교를 가지 않았습니다. 군대나 가야겠다고 처음으로 생각했습니다. 그때 내 나이 스물둘이었습니다. 그리고 지금 읽고 있는 책에는 이렇게 쓰여 있습니다.

「세상이 힘든 건 자신과 싸울 용기가 없기 때문이다」

― 1999. 5

아내가 집을 나갔습니다

오늘 까칠한 아들놈 학교에서 진행하는 캠프를 갔습니다. 사랑하는 아내도 공주병 딸아이를 데리고 휴가를 갔습니다. 일주일치 와이셔츠를 다려 놓고 아내는 그렇게 모녀 여행을 떠났습니다. 가족을 먹여 살리는 사명을 갖고 태어난 저는 혼자 남았습니다. 단 일주일인데도, 벌써부터 허전해집니다.

오늘 밤 집에 들어가면 불 꺼진 집에 저 혼자겠지요. 혼자 많이 있어 봐서 적응할 만도 한데…. 혼자면 늘 외롭습니다. 그래서 가족인 모양입니다. 딸아이가 많은 것을 보고 느끼고 왔으면 좋겠습니다. 지금 서해안고속도로에 있을 아내는 무얼 생각하는지 궁금해집니다.

- 2011. 4. 13

*

비틀비틀…. 늦은 밤 택시에서 내립니다. 주섬주섬 건네준 지폐들 속에 수표가 있었는지 지갑 속 수표가 안 보입니다. SS… 욕이 나오려는데 전화가 옵니다. 바다 건너 기~다란 전화번호. 사랑하는 아내입니다.

"어~ 잘 지내? 애들은?"

저의 첫마디는 항상 똑같습니다.

"또 한잔하셨어요? 밥 잘 챙겨 드세요."

하필이면 오늘따라 한 끼도 먹지 못했습니다. 아내에게 미안해집니다. 길지 않은 통화. 울컥하고 마음이 애틋해집니다.

사람들은 제게 묻습니다. 아이들 안 보고 싶냐고. 그런데 아내가 안 보고 싶냐고 묻는 사람은 이제껏 없습니다. 이렇게나 보고 싶은데 말이죠.

- 2006. 12

일, 돈, 살아감, 그런 것들

오랜만에 친구에게 전화를 했습니다. 사무실 짐을 싸고 있더군요. 정확히 1년 만에 그는 그의 7평짜리 사무실에서 장비들과 함께, 그의 의미 있는 일을 철수하고 있습니다.

"이놈의 일이 돈이 안되잖아….."

그의 목소리에서 현실과의 기나긴 싸움 끝에 후퇴하는 쓸쓸함을 읽습니다. 그의 삶의 방식과 온전히 타인을 위한 사고의 틀이 늘 부러웠는데 외로운 듯 지친 목소리를 통해 돈과 사회, 일의 보람, 이런 것들을 생각하게 됩니다.

그는 이제 예전에 몸담았던 기업으로 복귀하려는 모양입니다. 그리고 언젠간 다시 그 일을 벌이며 이러겠지요.

"세상의 다양한 사람살이를 온전히 카메라에 담아내려는 의미 있는 자리에 여러분을 초대합니다."

올바르게 살아가고 있는지, 내가 잘하고, 하고 싶은 것을 하고 있는지 돌아보게 된 하루입니다.

– 2000. 12. 21

이 비 그치면

　4월의 어느 을씨년스럽던 날 밤. 120원짜리 총알로 자신의 골통을 무참히 날려 버린 스물두 살의 청춘이 내무반 벽에 휘갈겼다는 글귀. 그래서 자꾸만 흘러내리는 안경을 주체치 못하고 꺼져만 가는 그녀의 가냘픈 모습에 난 점점 초라하고 외소한 멍청한 뫼르소가 되어 가는데….

　요란한 세속의 흥청거림에 짜증이 나고 황폐한 플라타너스를 바라보며 그해 아득한 기억 속에 부ㅇ공단 두 평 남짓 작업실, 무섭게 돌아가는 드릴에 목장갑이 휘말리던 때 알 수 없는 방황과 집요한 집착의 끈, 내 몸 어디에 이렇게도 많은 수의 사탄이 살아 숨 쉬고 있는 겐지…. 남들이 뛰어노는 유치원 마룻바닥 그 구석퉁이에서 혼자 앉아 장난감 망치로 못질 시늉만 하고 있었다던가.

　이미 사람을 잊어버린 지 오랜데, 새 떼도 예수도 떠나 버린 패륜의 5월 하늘을 바라보며 그 아래 찌들어 버린 패륜의 군상들은 그래서 더욱더 쓰레기 더미로 지저분해진다. 유치한 현학적 허세와 자그마한 육감적 쾌락을 벗어 버리기로 결심한 날, 창밖에 비는 내리고, 이 비 그치면 떠나가련다. 웃음과 함께….

- 1988. 5. 유년의 기억 속에

가끔은, 엄마가 챙겨 준 밥 먹고 있나요?

조 선생에게

올여름도 더울 모양입니다. 건강은 잘 챙기고 있나요? 어찌어찌하여 하루를 보내나요? 가끔은 엄마가 챙겨 준 따뜻한 밥 먹고 있나요? 만나고 싶은 사람들 만나며 살고 있나요? 축복하며 축복받으며 그렇게 살고 있나요?

세상은 어김없이 시끄럽고, 본질은 외면당하는 이 아사리판에서 오랜 마음의 전쟁을 끝내야만 평화가 올 모양입니다. 다시금 평화가 그리워집니다. 항상 건강하길 빕니다.

p.s. 쉰 깍두기에 쓴 소주 한잔합시다. 얼굴 잊어 먹겠습니다.

– 2011. 6. 7

더 중요한 것들도 있는 걸…

어제는 오랜만에 고교 동창들을 만났습니다. 정치와 경제가 언제나 화두입니다. 스티브 잡스가 말하는 삶의 행태를 바꾸는 새 세상을 얘기하는 사이로 사랑하는 아내로부터 전화가 옵니다, 얼마나 늦느냐고. 말 안 듣는 아들놈 때문에 심기가 좋지 않습니다.

대충 아내를 타이르고는 전화를 끊었지만 맘이 불편합니다. 최근 부쩍 아들놈과 아내의 전쟁이 예사롭지 않습니다. 뭔가 욕심 때문인데…. 그 욕심의 실체가 분명하진 않습니다. 아들놈 할 만큼 하는데 아내는 항상 부족하다고 느끼는 모양입니다.

친구들과 헤어지고 아이들이 좋아하는 보드람치킨 한 마리 사 들고 귀가했습니다. 언제 그랬냐는 듯, 이 모자. 화기애애합니다.

거실 TV 앞에서 깔깔대고 있는 가족들을 뒤로하고 아들 공부방에 들어가니, 우리 때완 사뭇 다른 책들이 책상 위에 펼쳐져 있습니다. 지저분하게 낙서되어 있는 수학문제집 넘어 책꽂이에, 익숙한 제목의 책 한 권이 눈에 들어옵니다. 피천득의 『인연』.

"사람은 만나고 싶은 사람을 못 만나고 살기도 하고 만나야 할 사람을 아니 만나고 살기도 한다."

인연에 나오는 문구로 알고 제 젊은 시절 글마다 인용한 글귀가 사실은 이런 줄 어제 알았습니다.

"그리워하는데도 한 번 만나고는 못 만나게 되기도 하고 일생을 못 잊으면서도 아니 만나고 살기도 한다."

이 책 읽었느냐고 아들에게 물어보려다가 그만두었습니다. 수학 문제보다 더 중요한 삶들도 있는 걸 알아서 읽고, 알아서 경험할 테니까요. 저처럼 말입니다.

- 2011. 6. 10

죄가 많은 탓이겠지요

늦은 밤 술에 취한 채 그가 절 찾아왔습니다. 아파트 앞 어린이 놀이터 그네에 앉아 고개를 숙이고 있는 그가 오늘따라 많이도 늙어 보입니다. 동료들과 침 튀기며 실컷 떠들었을 텐데 가슴속 맺힌 게 아직 풀리지 않는 모양입니다.

살아감… 부모… 아내… 아이들…. 가정의 불화를 어떻게 하지 못하고 외로워합니다.

"이해하며 살아라."

촌스런 말로 그를 위로합니다.

그를 보내고 어린이 놀이터 시소에 앉아 다시금 살아감을 생각합니다. 옛날 옛적 내 아비가 날 낳을 적에 밝고(炳) 맑게(澈) 살라 이름을 지어 주셨으되, 그리하지 못함은 죄가 많은 탓이겠지요. 다시금 내 아비가 보고 싶어집니다.

- 2010. 8. 5

은근히 제가 불안해집니다

한동안 별일 없더니 갑자기 바쁩니다. 사실 중요한 일도 아닌데 괜히 바쁜 척하는 겁니다. 그 바쁜 와중에 초등학교 동창과 통화했습니다. 세월이 세월인지라 목소리가 생경합니다. 하지만 무척이나 반갑습니다. 그래서 어릴 적 친구인 게지요.

나보다 더 바쁜 울 마나님, 전화 왔습니다. 청소기 고장 났다고. 어머니 전화기 고장 났다고 하시더니…. 내가 가전회사 수리기사도 아니고. 쇼핑몰에서 쌈박한 청소기 하나 주문했습니다. 책도 한권 주문했는데, 제대로 읽을 수 있을지 모르겠습니다.

우리 부부보다 더 바쁜 아들 녀석, 멀리 놀러갔다가 돌아왔는데 공부 열심히 하는 척합니다. 학원도 때려치우고 혼자 공부하는 게 불안하지만 그냥 믿는 것 외엔 제가 할 게 별로 없습니다.

우리 집에서 젤로 바쁜 딸아이, 집에 없습니다. 11살 나이에 배낭 하나 달랑 메고 비행기 타고 물 건너갔습니다. 제가 고이고이모셔 놓은 제 항공 마일리지 탈탈 털어 촌놈인 저는 듣도 보도 못한 어디 오지(?)에 놀러 갔는데 전화도 없이 가끔 카카오톡에 하트 하나 달랑입니다.

어제 낮에 통화한 고교 동창놈은 대낮부터 술타령에다 제게 그럽니다. 바빠서 좋겠다고. 날도 더운 이 여름날, 마음의 여유가 부럽습니다.

- 2011. 7. 26

*

매년 가족과 함께하던 여름 휴가를 올해는 각자 독립했습니다. 전 한 며칠 지방을 돌아다니다가 오랜만에 사무실 나왔더니 좀처럼 일이 손에 잡히질 않습니다.

딸아이는 아직도 한국에 없습니다. 방학 꼭꼭 채우고 개학 날 직전에 올 모양입니다. 방학 숙제는 어쩌려고 그러나, 아무 상관없는 제가 걱정합니다.

까칠한 중학생 아들 녀석, 방학 내내 실컷 놀더니 개학할 때가 가까워 와서는 더 태평합니다. 아무래도 아이들이 절 닮은 것 같지는 않습니다.

아내는 저 없는 동안에 뭘 배우러 다닌 모양인데…. 오랜만에 보람이 있었나 봅니다. 괜히 기분이 좋아 보이는 게, 은근히 제가 불안해집니다.

오늘 늦게까지 밀린 일 정리해야 합니다. 돌아오는 토요일에는 오랜만에 아내와 소래산이나 올라갈까 합니다.

- 2011. 8. 16 저녁

평화에 대한 단상

　바람이 그 무게를 달리하고 사람들의 발걸음이 가벼워진 초가을 날에, 사람들은 무엇으로 하루를 보내나 싶어 몇 군데 지인들에게 전화를 했지요. 여전히 바쁜 군상들이 많더군요, 나만큼이나. 오래전 아주 오래전, 냉장고 청소가 취미인 여자를 만난 적이 있었는데 그러더군요. 평화가 그립다고. 언제 한번 평화를 느껴 보았는지 아득한데….

　덕분에 나는 오늘 정말로 오랜만에 편지를 썼어요. 3인칭 관찰자 시점의 담담한 만연체로 종이 편지에 풀칠까지 했어요. 선생님은 오늘 무엇으로 하루를 마감합니까? 선생님은 아이들에게 무엇을 가르치시나요?

- 1999. 9. 2. 평화가 그리운 날 저녁

자식이 커 가는 것

　퇴근 후 집에 들어가니 아들 녀석 또 엄마에게 혼이 나고 있습니다. 번번이 게임 때문입니다. 걱정할 수준이 아닌데도 아내는 통제할 필요성을 느끼는 모양입니다. 하긴 매일같이 PC 앞에서 게임에 몰두하는 게 걱정되긴 합니다. PC를 없앨 수도 없고…. 예전에는 TV를 없애 볼까도 생각했다가 포기했습니다.

　다른 것은 알아서 다 하는 아이라 크게 걱정 안 하지만 그래도 공부와 게임만 하는 아이들이 측은합니다. 문득 어려서 놀던 놀이들이 생각납니다. 구슬치기, 비석까기, 무궁화꽃이 피었습니다…. 하루 종일 나가 놀면 먼발치에서 엄마가 소리칩니다.

　"○○야, 밥 먹어라!"

　밥 먹기 무섭게 대문 밖에서 친구가 이렇게 소리칩니다.

　"○○야, 놀~자!"

　내 또래들은 그 옛날 다들 그렇게 놀았습니다. 그런데 지금 아이들은 끝없이 공부로 경쟁하고…. 게임으로 스트레스 푸는 모습이 안쓰럽습니다. 이렇게 키워도 되는 건지 잘 모르겠습니다.

아내와 저는 밤마다 동화책을 읽습니다. 대부분은 아내가 읽어 주지만 가끔은 저도 책을 읽습니다. 아내와 아이가 책을 읽다가, 0.9살짜리 딸애가 다가오면 5살짜리 오래비는 제 책에 손댈세라 고래고래 호통을 칩니다. 딸아이는 매번 반복되는 오빠의 폭력에 서럽게 울어 댑니다. 우는 아이를 그냥 내버려 두고 스포츠 뉴스에 정신이 팔려 있다가 저는 아내의 호통에 초죽음이 됩니다.

저는 가끔 읽어주지만 대단한 인내심이 아니면 4~5권의 분량을 내리 읽어 내기란 쉽지 않습니다. 가끔은 2~3페이지를 아이 몰래 넘겨 버리지만 아들놈은 저의 꼼수를 알아차리고 여지없이 호통을 칩니다. 읽는 중에 한 번쯤은 잘 만도 한데 녀석은 항상 쌩쌩합니다. 책을 읽어 내기란, 이래저래 어른 책이든 아이 책이든 어렵습니다.

- 2001. 6. 28.

옛날 옛적에 동화책 읽어 주는 아빠가 되고 싶었습니다

지난 일요일 아들놈과 함께 목욕탕에 갔습니다. 늘 제 엄마가 챙기는 목욕인지라, 녀석은 내가 표를 사는 사이에 늘 하던 대로, 여탕에 들어가 버려 나를 난감하게 했습니다.

녀석의 몸에 비누칠을 하면서 어릴 적 내 때를 밀어 주시던 아버지를 떠올립니다. 내 아비와 함께 목욕해 본 지가 까마득한 옛날임을 새삼 느낍니다.

집으로 돌아오는 길에 녀석은 어린이집 여자 친구 얘기를 합니다. 넌지시 물어봤습니다.

"엄마하고 여자 친구하고 누가 좋아?"

엄마라고 바로 대답하는 게 의외입니다. 녀석이 날 닮아 거짓말도 가끔 합니다. 잠시 뒤 이렇게 얘기합니다.

"아빠, 나 꽃 사고 싶다. ○○ 주게….”

-2001. 1. 30

*

지난 일요일 월드 베이스볼 클래식 일본과의 경기를 응원하기 위해 마나님과 아이들을 모시고 생전 처음 문학 월드컵경기장을 찾았습니다. 지고 있는 경기. 끝나기도 전에 씁쓸히 나오는데 아들놈, 투덜거립니다. 야구 재미없다고…. 당황스러웠습니다.

아늘놈 생일 선물로 짜가 나이키 농구공을 사 줬습니다. 잠시 가 있던 미국에서 돌아온 다음 날부터 사 달라고 조르던 농구공이었습니다. 일본에게 박살나던 그날, 야구 재미없다고 아들놈이 투덜대던 그날. 아들놈 달래서 농구 코트에 섰습니다. 그리고 깜짝 놀랐습니다. 농구공 다루는 솜씨가 예사롭지 않습니다. 하루 이틀 놀던 실력이 아닙니다. 누구한테 배웠냐고 물으니 그럽디다. 미국 초등학생들은 다 농구 잘한다고…. 한 수 배웠답니다. 당황스럽습니다.

제가 아들놈 세월만큼 살았을 시절, 아버지에게 장기를 배웠습니다. 아버지가 직접 깎으신 나무 장기판에 나무 장기알로 말입니다. 어느 날인가 아버지가 처음 가르쳐 주신 장기를 아들놈에게 전수하려고 싸구려 합판 장기판을 사 가지고 일찍 들어간 날, 아들놈 나만큼 둡니다. 누구한테 배웠냐고 물으니 그랬습니다. 옆동 사는 친구 아버지한테 배웠다고. 그러던 아들놈, 이번엔 농구 코트에서 또 절 황망스럽게 합니다.

오래지 않은 어느 날, 나이깨나 자신 어느 분에게서 돈봉투를 받았습니다. 제 집까지 절 모시려고 고급 승용차도 대기하고 있었습니다. 내겐 적지 않은 돈이라 당황스러웠지만 낯을 붉히며 돌려주었습니다. 섭섭해 삐질까 봐 만 원짜리 한 장 얻어서 택시 타고 집에 갔습니다.

남들은 이런 방식으로도 살아갑니다. 당황스럽지만 저마다 삶의 방식이 있습니다. 나이 어린 아들과 딸아이의 일상에도 나름대로 자기들만의 방식이 있음을 때때로 느낍니다. 그래서 자주 황망스럽고 걱정도 되지만…. 그건 제가 넘 여리기 때문일 겁니다. 그렇지 않나요?

- 2006. 3. 23

우표값도 모르고 삽니다

아내와 아이들에게 매년 쓰는 연말편지를 보냈습니다. 0.4살짜리 딸아이는 내 편지를 언제쯤이나 소리 내서 읽을 수 있을까요?

예전에도 누군가에게는 늘 쓰던 편지인데도 올해는 얼마짜리 우표를 붙여야 되는지 몰라서 우체국에 전화까지 했습니다. 디지털 시대에 아날로그 인생이 겪는 어려움입니다.

인터넷으로 학교 가는 즐거움이 없어지지 않을까, 시장 가는 즐거움이 없어지지 않을까, 걱정하는 건 제가 바보이기 때문이겠지요.

- 2000. 12. 20

후배를 만나야 합니다

　어제 마신 술로 비몽사몽…. 그 후유증으로 아픕니다. 그 상태로 오전 내내 정신이 없었습니다. 웬일인지 절 찾는 사람이 많았기 때문입니다. 뭔가 부탁하거나 따지려고 하는 사람이 많지만 더러는 절 보고 싶어 하는 사람들도 있습니다.

　연락 안 되던 선배, 전화하더니 대뜸 그럽니다. 대박 사업 아이템 하나 들고 찾아오겠다고…. 기대 안 한 지 꽤 되었지만 뭘 하며 살았나 궁금해집니다.

　오늘따라 아내도 제가 보고 싶은 모양입니다. 두 번이나 전화해서 정신없게 하더니 저녁에 밖에서 밥 먹자 합니다. 하지만 오늘 후배를 만나야 합니다. 상담을 해 주길 바랍니다. 고민이 있는 모양입니다.

　책상을 정리하면서 문득 그런 생각을 합니다. 후배의 고민으로 인해 나까지 고민하지 않기를….

- 2011. 8. 26

익숙해서 낯선 것들 1

"저 ○○입니다. 오늘 해병대 입대합니다. 건강하세요."

명절 전 누이네 조카 녀석이 문자를 보냈습니다. 어려서는 자주 보더니 저도 나도 나이를 먹고는 일 년에 몇 번 보지 못합니다. 포항 해병대 훈련소에 내려가 있는 누이와 통화했더니 아들 해병대 입대가 못내 서운한 모양입니다. 조카 녀석 씩씩한 목소리 들으니 마음이 놓이긴 하지만 미리 얼굴 한번 못 본 게 미안해집니다. 아마도 군대 생활 남들처럼 잘하겠지요.

*

몇 년 만에 군대 동기들 한번 뭉치자고 전화가 옵니다. 군 제대한 지 20년이 넘었는데 그사이 서너 번 만나 보았지만 그도 벌써 5년이 지났습니다. 날짜를 잡네, 장소를 잡네… 요란들 떨더니 시간도 장소도 서로 못 맞추고는 다음으로 미뤘습니다. 나이 들어 오래된 벗들과의 모임이 쉽지 않습니다. 저처럼 게으른 탓일 겁니다.

*

　꽃다운 나이에 절절한 감정을 글로 써서 제게 전해 줍니다. 위로
받고 싶은 겝니다. 아름다운 감정으로 절제하며 밝고 맑게 살아라
타이르지만 제 인생도 잘 모르는데…. 남 인생에 이렇다 저렇다 얘
기하기가 부끄러워집니다.

*

　명절날 대전을 다녀왔습니다. 아버지 산소에 오랜만에 절도 하
고 아들 손자 왔다고 인사하고는 꽃도 새것으로 갈았습니다. 아침
일찍 나섰는데도 집에 도착하니 자정이 다 되어 갑니다. 덕분에 다
음 날은 집에서 쉬었습니다. 매번 들르던 처가집엘 못 갔는데 장인
어르신 다섯째 사위가 보고 싶으신 모양입니다. 저도 아버님이 뵙
고 싶어집니다. 주말에 한번 다녀와야겠습니다.

　　　　　　　　　　　　　　　　　　　　　　　- 2011. 9. 15

아내, 제게 그럽니다

사랑하는 아내, 머리를 또 바꿨습니다.

"나 바뀐 거 없어?"

이렇게 물어볼 때 머리를 애기한다는 걸 몇 번의 경험으로 압니다. 그전엔 "뭐가? 모르겠는데?" 이러면 아내 그럽니다. "당신 나한테 관심이 없네…." 대충 대화가 이러다 보니 번번이 아내한테 미안해집니다.

그런데 희한한게도 바뀌기 전 머리가 생각 안 날 때가 많습니다. 관심 없다는 소리 들어도 할 말이 없습니다. 항상 옆에 있어서 그런지 아내 귀한 줄 모르는 것 같습니다. 마음은 아닌데 말이죠.

얼마 전, 오랜만에 대학 동창 모임에 갔다 온 아내, 옛날 생각이 많이 나는 모양입니다. 저도 그런데 왜 안 그렇겠습니까? 모임에서 늦게 들어온 날, 제게 그럽니다. 여고 시절 합창반 같이하던 이민 간 꽃분이(?)가 보고 싶다고. 그 꽃분이, 저도 보고 싶어집니다.

– 2011. 9. 27

저는 도통 모르겠습니다

까칠한 아들 녀석 시험이 끝났습니다. 이제 사뭇 느긋하긴 하지만…. 시험 기간 내내 온갖 인상 다 쓰고 있는 통에 말 한마디 제대로 못 건넸습니다. 아내는 자기가 시험 보는 것도 아니면서 온통 신경이 곤두서 있습니다. 매번 아들 녀석 시험 때가 되면 전 찬밥 신세입니다.

"어려니 알아서 할까…. 신경 꺼."

아내한테 말하면 날 한심하게 쳐다봅니다. 하긴 아빠가 무관심해야 아이 공부에 도움된다고 하니…. 그냥 잠자코 있는 게 나을지 모르겠습니다.

공주병 딸아이, 오늘 시험입니다. 어젯밤 내내 지 엄마와 딸아이 TV 앞에서 태평합니다. 이거 사람 차별인지, 딸한테 기대하는 방법이 다른 건지…. 아이들 교육에 무관심한 저는, 도통 모르겠습니다.

- 2011. 10. 13.

책상 위에 책가방 올려놓고 시험 보던 그 옛날이 그립습니다

*

늦은 시간. 집에 들어가니, 공주병 딸내미 연속극에 정신이 팔려 아빠에게 인사하는 둥 마는 둥입니다. 뭔 초등학생이 저렇게 현대극이든 시대극이든 줄거리 줄줄 꿰고 있는지 신기하지만, 걱정 같은 건 안 한 지 꽤 되었습니다. 아마도 포기한 게 맞을 겝니다.

까칠이 아들 녀석, 그 늦은 시간에 게임에 열중입니다. 제 엄마와 어느 정도 게임 시간에 대해 타협은 한 모양이지만 아내는 늘 걱정입니다. 자기 할 일은 알아서 하는 아이인지라 전 그 또한 걱정 같은 거 안 한 지 오래입니다. 이 정도 무관심한 아빠면 요즘 시대에 꽤 괜찮은(?) 아빠인 게 틀림없습니다.

정작 제 책상 위에 며칠 전 펼쳐 놓은 책은 그 상태 그대로입니다. 요즘은 책 한 줄 읽는 게 왜 이리 힘든지 모르겠습니다. 남들은 나이 먹고 부지런해진다는데…. 전 점점 게을러집니다.

멀리 겨울산에 가자고 한 약속도 겨울 내내 지키지 못하고 있습니다. 아이들이 날 닮긴 한 모양입니다. 생각해 보니, 아이들이 보기에 이 나이에 술과 담배가 아직도 친구인 이 아빠가 더 신기할지 모르겠습니다.

— 2012. 2. 17.

치악 비로봉의 겨울이 궁금해집니다

　며칠째 바쁩니다. 별일 아닌 것 가지고 바쁜 척하는 게 아니라 이번엔 제대로 바쁩니다. 오늘은 아침부터 절 찾는 사람들이 너무 많았습니다. 목소리 듣고 싶어 전화했다지만 이것저것 부탁할 게 많은 모양입니다. 하루 종일 통화하고, 면담하고, 회의하고, 이러기도 싶지 않은데 오늘따라 일복이 터졌습니다.

　나보다 더 바쁜 아내, 웬일로 낮에 전화해서는 심심하답니다. 정신이 곤두서 있을 때라 짜증나는 목소리로 한마디 했더니 삐졌습니다. 조금 있다 다시 전화해서 달래 줘야 합니다. 그래야 집에 가서 따듯한 밥 얻어먹을 수 있습니다.

　아침엔 공주병 딸아이 학교에서 2박3일 수학여행을 떠났습니다. 제가 고이고이 모셔 놓은 제 항공마일리지 탈탈 털어 해외도 잘만 다니더니 친구들과 처음으로 멀리 가는 국내 여행이라 무척이나 설레는 모양입니다. 아침 학교 앞, 횡단보도를 건너서는, 지나가는 같은 반 남자아이가 아는 척할까 봐 잽싸게 뜁니다. 남자아이와 인사하는 걸 아빠가 보는 게 쑥스러운 모양입니다. 큰 가방을 끌고 학교로 들어가는 뒷모습을 보고 돌아서는데 벌써부터 보고 싶어집니다.

　울 집에서 젤로 바쁜 까칠이 아들 녀석, 시험이 끝난 후로 반 대항 축구대회로 바쁩니다. 방과후에도 연습하고 늦게 들어오더니,

휴일마다 집에 붙어 있질 않습니다. 이러다 결승에 진출하면 합숙 훈련에 전지훈련이라도 하겠다는 건 아닌지 모를 일입니다.

바빠서 친구들과의 술 약속 다 거절하고 있는데, 그럴 때마다 친구 녀석들 그럽니다. 바빠서 좋겠다고…. 왜 이러는 걸까요? 도통 모르겠습니다. 전 바빠서 죽겠는데…. 마음의 여유가 부럽습니다.

−2012. 5. 2

익숙해서 낯선 것들 2

한동안 잠수 중이던 옛 선배에게 전화가 왔습니다. 몇 년간 좌충우돌하다가 사무실 정리하고, 도나 닦는다며 홀연히 없어지더니 느닷없이 모르는 번호로 전화해서는 시골에 집 지었다고 놀러 오랍니다. 자기가 살 것도 아니면서…. 집 장사할 요량으로 날림으로 지어 놓은 게 틀림없습니다.

저렇게 직업을 계속 바꾸는데도 사기꾼 소리 듣지 않고 사는 거보면 신기합니다. 본디 천성은 반듯한 사람인지라 앞가림 잘하면서 잘 살아가겠지만…. 워낙 세계사(?)와 담 쌓고 사는지라, 저러다 또 상처받을까 걱정됩니다.

내 앞가림도 못하면서 인생 덜 산 내가 괜히 걱정하고 있는 게, 나도 오지랖이 넓은 모양입니다. 젊은 시절 내게 항상 힘이 되어주던 선배이기에 하는 일이 잘 풀렸으면 하는 바람입니다.

*

추운 날씨가 걱정되어 홀로 계신 어머니에게 전화드렸습니다. 항시 제 전화는 큰 소리로 씩씩하게 받으십니다. 자식이 걱정할까 봐 일부러 그러시는 줄 알지만…. 자주 못 찾아뵙는 게 죄스럽습니다. 옥상에 쌓인 눈은 제대로 치웠는지 여쭤보니 벌써 치웠노라 걱정하지 말라 하십니다. 눈조차 치워 드리지 못해 죄송할 따름입니다.

*

어제 오후 늦은 시간, 사랑하는 아내로부터 문자가 왔습니다.

"나 아파요. 저녁 먹고 들어오세요."

걱정이 되어 전화하니 다 죽어 가는 목소리입니다. 며칠 집 정리한다고 고생하더니 몸살이 난 모양입니다. 남은 일 정신없이 처리하고는 사무실에서 나서는데 딱히 갈 곳이 없습니다. 오늘따라 뻔질나게 전화하던 선배, 후배, 친구들 전화 한 통 없습니다. 저녁 식사는 하고 가야겠는데, 퇴근 때 후배 녀석 붙잡지 않은 게 후회됩니다.

대충 저녁 때우고 집에 들어가니 아내 잠들어 있습니다. 공주병 딸내미, 제 방 책상에 앉아 무언가 열심입니다. 아이유 언니가 주연인 소설은 아직도 완성되지 않은 모양입니다. 지 아빠가 볼까 봐 철통 보안이지만, 이미 훔쳐본 소설, 내용은 별거 없습니다. 책 한 줄 읽는 거 싫어하면서 저러고 있는 거 보면 신기합니다.

– 2012. 2. 7.

봄이 기다려집니다.

늙어 감, 그런 것

하얗게 센 머리카락을 숨기기 위해 검은색 화공약품 물감으로 머리를 염색합니다. 그러나 머리를 깎으면 흰 싹이 다시 돋아나고, 그러면 아내는 다시 그 독한 검은색 물감으로 내 머리를 염색해 줍니다. 빠지는 머리카락을 보면서 대머리가 될까 무서워 탈모약을 먹다가, 그 탈모약이 비싼 편이라 의사는 친절하게도 덜 비싼 카피(Copy)약을 권합니다.

그러다 나이 먹으면 그러려니…. 모든 게 귀찮아져서 염색도 탈모약도 포기하고 그렇게, 저렇게, 살아가다가…. 이제는 눈이 침침해집니다. PC 화면도, 신문도, 보고서도 보기 힘들어져 내 아비와 내 선배가 그랬듯이 안경을 머리 위로 젖히고 보다가, 돋보기가 필요한 나이가 되었음을 압니다.

길을 걷다가 저만치 다가오는, 족히 오십은 넘었을 법한 웬 아저씨, 저를 스쳐 가다 말고 뒤돌아, 내 팔을 붙잡으며 그럽니다.

"선배님, 저 ○○입니다. 알아보시겠어요?"

그제야 그 늙은이가 나보다 훨 어린 후배 누구였음을 알고는 내가 이제 많이도 늙었음을 압니다. 그 늙은 몸으로 길을 또 걷다가… 내 앞으로 초췌한 모습의 초등학교 동창이 지나쳐 갑니다. 몸은 늙어 가는데, 쓸데없는 기억력으로 그의 얼굴과 이름이 또렷이 떠오릅니다. 20년 전 인천행 전철에서 취객의 주머니를 뒤지던 그 동창의 모습이 다시금 떠오릅니다. 대학 1학년 때 길에서 우연히 스쳐 지나가는 여자 동창의 등 뒤에 갓난 어린아이가 잠들어 있는 것을 보는 것만큼 가슴이 시려 옵니다.

큰 금액의 프로젝트를 성사시키기 위해 제안서 들고 찾아간 갑의 사무실에, 거만하게 앉아 있는 동창의 얼굴을 보는 순간, 쓸데없이 많은 생각이 스쳐 지나갑니다. 제 사무실로 제안서 들고 찾아온 초라한 모습의 동창이 나를 알아보고는 당황해할 때 그의 손을 잡고는 또한 많은 생각이 머릿속을 흘러갑니다.

고등학교 친구의 장인어른 장례식장에 찾아간 날, 인사받은 그 친구의 아내에게 위로의 말을 전하다가, 그녀가 내 초등학교 동창임을 알고는 반갑게 옛날 얘기를 하다가, 문득 그녀의 눈가에 팬 깊은 주름을 보면서 그녀도 나만큼 늙어 감을 봅니다.

35년 만에 마주 앉아 술잔을 건네며, 그 긴 세월을 지나 인생을 얘기하는 초등 동창 녀석의 넉넉함과 포근함 뒤로 애틋한 삶의 질곡 또한 겹쳐 갑니다.

늙어 가는 것, 인생의 순리일 테지만… 보다 아름답게 살아가고 싶어짐도 애틋한 인생의 흐름이겠지요. 다시금 그 어린 시절의 동창들이 보고 싶어집니다.

- 2011. 10. 20

자존심 상하는 일입니다

12살 공주병 딸내미와 오랜만에 뒷동산에 올랐습니다. 사랑하는 아내에게 전화하는데 통화가 되지 않습니다. "이놈의 여편네 왜 전화도 안 받아?" 투덜거리고 있는데 옆에서 절 쳐다보던 딸내미 그럽니다. "엄마가 전화 못 받을 상황인가 보지. 느긋하게 나중에 다시 해 봐, 아빠~"

시험 끝난 까칠이 아들 녀석 시험 잘 봤느냐는 아빠 말에 이렇다저렇다 대꾸가 없습니다. "저 자식 비위 맞추기 힘드네." 투덜거리고 있는데 옆에서 딸내미 또 그럽니다. "성적 나오면 보면 되지. 오빠 심기가 안 좋으니 그냥 내버려 둬, 아빠~"

전 항상 이렇게 바쁘고 초조하고, 속이 좁아지는데 애늙은이 딸내미 언제나 느긋합니다. 가끔은 제게 그러기도 합니다. "아빠! 잘 좀 하지. 내 그럴 줄 알았어." 가끔, 아주 가끔은 내 딸 맞나 싶기도 합니다. 마음이 온통 넓어서, 저 같은 쫌생이는 그 마음의 깊이를 모르겠습니다. 담배 끊는다는 약속 지키지도 못하고 있는데, 이 나이에 어린 딸내미에게 인생 가르침을 받고 있습니다. 이거 자존심 상하는 일입니다.

- 2012. 5. 4

조직은 원래 그런 것이거늘

오 선생님에게

한 사람의 동료가 또 조직을 떠나갔습니다. 이런저런 이유로 많은 사람들이 조직을 떠나가고, 이런저런 이유로 또 새로운 사람들이 들어오고 있습니다. 사람과 조직이 원래 그런 것이거늘, 뭔가 자꾸만 허전해지는 이유를 모르겠습니다.

가끔은 내 자신이 과연 조직 생활과 맞는지 모를 때가 있습니다. 곁에서 부리던 부하와 가까이서 모시던 두목이 어느 날 갑자기 조직을 걸어 나갈 때마다 저는 이상한 공포를 느끼곤 합니다. 조직은 늘 그래 왔거늘….

서울은 또 태양이 뜨겁습니다. 어제는 떠나가는 사람을 위하여 술자리를 가졌습니다. 인생이 고단해져, 술이 들어가는 대로 마냥 그렇게 마시고는 제정신을 못 차리고 인생은 역시 고단하다는 생각을 했습니다.

그 고단함으로 해서 바보스럽게도, 깊은 수렁 속으로 빠져 버리고 싶은 충동이 나를 괴롭힙니다. 오늘 아침에 일어나 내 인생이 얼마나 꾸겨지고 있는지 뒤돌아보며, 또 그렇게 맹세합니다. 나에 대한 확신을 갖자고….

부산의 태종대가 보고 싶어집니다. 남포동의 설렁탕집 깍두기는 아직도 그맛인지…. 선생님을 뵙고 싶어짐도 인생이 고단해서겠지요. 결혼기념일이 다가오는데 선물 뭘 할까 고민 중입니다. 왜 나만 매년 해야 하는지 아직도 모르지만요.

오늘 태종대의 소형 유람선에서도 예전처럼 자는 사람이 있는지 궁금합니다.

- 1999. 9

*

정기인사가 발표되어 승진한 사람과 못한 사람의 희비가 엇갈립니다. 많은 사람들이 부서를 옮기고 헤어짐과 만남이 교차합니다. 늘 우리 조직은 그래 왔습니다. 다른 조직과 마찬가지로…. 슬픔과 기쁨, 허탈과 성취감 이런 것들이 우리 생활 속에서 끊임없이 우리를 지치게도 하고 살아가게도 합니다. 역시나 조직은 그런가 봅니다.

잘 아는 선배가 오랫동안 몸담았던 정치판에서 기업으로 옮겼습니다. 갈등과 번민이 많았던 모양입니다. 이래저래 사람 사는 게 조직의 논리인 것 같습니다.

지난번 밀레니엄복권 당첨자와 관련해서 계속 화제입니다. 에콰

도르의 정국이 혼미하다고 하는데, 미국은 대통령 선거전으로 뜨거운 모양입니다. 역시나 세계사는 내게 어렵습니다.

- 2000. 1. 22

낯선 모습으로…

암선고를 받듯이…. 갑자기 낯선 모습으로 절 찾아왔습니다. 열심히 열공 중이나 이제껏 배운 바 없어 당황스럽습니다. 그렇게 책들로 지저분하던 책상 위가 어느 날부터 깨끗합니다. 가방 속도 텅비었습니다. 사람들 말대로 원인을 파악 중이나 오리무중입니다.

"사람이 하는 일이니 다 방법이 있고 절차와 순서가 있고 그래서 답이 있다."

그런데 이것은 사람이 하는 일인데도 방법도 절차도 순서도 답도 없어 보입니다. 아내는 일도 포기하고 다시 이사할 요량으로 집도 팔아 치우고…. 책을 읽으며 그렇게 조용히 전쟁 중입니다. 인내심이 필요한 일, 지나갈 테니…, 새 떼도 더위도 언젠간 지나가리니…. 그래서 누구는 좌우명이 '이 또한 지나가리라'라고 합니다.

그래도 온전한 모습으로 지나가지 않을까 봐 두려운 건 아이를 사랑하기 때문이겠지요. 자식을 키우는 거, 자식은 키우는 게 아니라 스스로 크는 거라는 친구 말이 새삼 떠오르지만…. 책임과 순리 사이에서 전 지난한 답을 구하는 중입니다.

– 2012. 6. 19

세계 평화를 위해 하는 것도 없는데

어젯밤, 퇴근 후 전철을 내려 마을버스를 타고 집에 들어갑니다. 오후 여덟 시. 정말로 오랜만에 일찍 들어간 날입니다. 아내와 어린아이들이 반겨 줍니다. 팔팔하게 노는 딸애를 오랜만에 보는 것 같습니다.

옷을 갈아입다가 오래전에 펴 놓았던 책 한 권과 사전이 책상 위 구석에 가지런히 정리되어 있는 것이 보입니다. 펴 놓기만 하고는 수 주일째 책은 그렇게 혼자서 책상 위에 뒹굴고 있었습니다. 술에 취해서 새벽에 들어간 날이 맨정신에 들어간 날보다 많으니 당연한 일입니다.

옷을 갈아입고 책과 사전을 책꽂이에 가지런히 다시 꽂았습니다. 밥을 먹다가 자괴감에 뭔가 울컥합니다. 애국자도 아니고 세계 평화를 위해 하는 것도 없는데 그나마 제 몸 하나 제대로 간수하지조차 못하고 있는 게 아닌지….

가끔 어린 아들놈이 제게 그럽니다. "아빠 공부 안 해?" 허구헌 날 아내한테 "낼부터 공부해야겠다."라고 말했는데, 아들놈은 그 나이에도 행동은 하는 않는 제 아빠가 이해가 안 가는 모양입니다.

말조심하는 것도 어렵지만 뭔가 실천하는 건 더 어렵습니다.

오늘 아침, 출근을 위해 옷을 갈아입으며 책 한 권을 책꽂이에서 뽑아 책상 위에 펼쳐 놓았습니다. 부질없는 짓임을 알지만…. 그렇게 저는 위안이라도 받고 있습니다. 언제나 이 어리석음에서 벗어날 수 있을는지 모르겠습니다.

- 2003. 10

다시 집을 옮기며

어제 다시 집을 옮겼습니다. 올해 들어 벌써 2번째입니다. 서운해 삐지실까 봐, 아니 걱정하실까 봐 아직 어머니께는 말씀도 못 드렸습니다. 올해 초 집을 옮기고 느닷없이 시작된 까칠이 아들 녀석과의 전쟁이 예사롭지 않아서, 아내는 집도 팔아 버리고 피난 가듯이 다시금 집을 옮기고는 그렇게 그렇게 조용히 전쟁 중입니다.

얼마 전 만난 청소년 교육전문가(?)는 제게 그랬습니다. 부모가 마음속 욕심을 버리면 길이 있다고…. 아내나 저나 욕심을 버린 지 오래이나, 그보다는 살아감에 대한 근원적 성찰이 필요한 게 아닌지 모르겠습니다.

어젯밤, 100리터짜리 쓰레기봉투를 들고 버리는 곳을 못 찾아, 그 큰 아파트 단지를 돌고는, 어두운 조명 아래 벤치에 앉아 담배를 피우다가… 저 멀리 낑낑대며 재활용 쓰레기를 버리러 가는 아내와 아들 녀석을 보면서 불현듯 내 아비와 내 어미가 생각나는 건, 가족이라는 거 말고도 또 다른 근원적 무언가가 있기 때문이 아닐는지…. 쓸데없이 이런 생각 합니다.

- 2012. 9. 6. 마음이 따뜻한 날에

겨울 초입, 그 즈음에

어김없이 계절은 바뀌고…. 바람이 차가워지면 다시 마음이 뒤숭숭해집니다. 그러다 부질없음을 알고는 다시 차분해지려 노력하지요.

보고서가 한 건 올라왔습니다. 이 분야에서 꽤나 머리 굴리고 부대끼며 살아왔는데…. 내 눈에 생소한 관용구가 보입니다. 보고서 올린 이에게 물으니 "관용적으로 많이 씁니다." 합니다. 이제 나도 나이를 먹은 겁니다. 이런 게 생소한 걸 보니….

얼마 지나지 않아 또 한 살의 나이를 먹겠지요. 저는 치열하게 살았습니다. 그러다 치열하게 사는 게 별로 좋은 게 아니라는 걸 주변 사람들 통해 알게 된 건, 치열함이 뭔지 알기 때문일 겁니다.

오래전부터 읽던 샐린저의 미국 소설 『호밀밭의 파수꾼』 마지막 페이지를 그제 덮었습니다. 이렇게 지루하게 오래도록 읽은 책도 없을 겁니다. '센트럴파크의 연못이 얼면 오리들은 어디로 가지?' 라고 묻는데 답이 무엇이었는지…. 내용 속에 답이 있었는지 없었는지 기억이 나지 않습니다. 그런데도 이 책을 남들에게 일독을 권하고 싶은 건 제가 마음이 어리거나 아니면 치열함을 잘못 배웠기 때문인 것 같습니다. 어느 쪽인지 정말로 잘 모르지만…. 오늘 저는 마음이 차분해집니다.

여직원 면접을 봤습니다. 이력서에 숭덕여고 출신이던데 숭덕여고가 인천에 있는 줄 오늘 알았습니다. 겨울 즈음에, 인천의 밤공기는 어떤지 궁금해집니다. 숭덕여고가 있다는 만수동은 어떻게 변했는지, 주안의 촛불다방과 신포동 엘리자벳이 지금은 당연히 없겠지만, 혹 있다면 어떻게 변했을지 궁금해집니다.

이 겨울 초입, 그 즈음에… 신포동을 하루 종일 걷고 싶어집니다.

- 2012. 11. 21

차곡히 내려놓는 중이니까요

많이 마시긴 했는데 그리 취한 건 아닌 듯합니다. 제 귀로 들리는 제 목소리가 반듯합니다. 집으로 들어가니 가족 모두 초저녁 모드입니다. 아내는 식탁에 앉아 가계부를 정리하다가 취한 저를 반겨 줍니다. 까칠이 아들 녀석, 방 안에서 공부 중입니다.

10개월 전 공부를 왜 해야 하느냐고 자기 딴에는 근본적 의문 제기를 한 이후로 책상도 가방도 깔끔히 정리하고 백수 민간인(?) 생활하던 아들 녀석이 얼마 전부터 다시 책을 잡았습니다. 항상 1등만 하다가 당당히 전교 꼴찌를 하고도 당당한 아들 녀석이 신기했는데…. 그보다는 지난 수개월간 교육관이 통째로 바뀐 저를 신기해하는 사람들이 더 많습니다.

저보다 키가 더 커 버린 아들 녀석에게 다가가 한마디 건넸더니 단답형 아들 녀석, 의외로 길게 받아 줍니다. "아빠 한번 안아 줘라." 했더니 이놈 절 꼭 껴안아 줍니다. 술 취한 제 아빠가 안돼 보였나 봅니다.

아이가 안갯속에 서서 어디로 가야 할지 모르고 서성거릴 때 따듯한 손을 내밀어 아이의 손만 잡아 주면 되는 걸…. 그래서, 인생의 길은 제가 생각하는 것보다 비교적 많다는 걸, 새삼스럽게도 까칠이 아들 녀석에게서 배우게 된 지난 몇 개월 동안 아들 키만큼 저도 컸나 봅니다. 어깨에 올려진 무거운 것들을 차곡히 내려놓는 중이니까요.

"하이, 아빠."

방에서 나와 아빠를 반겨 주는 공주병 딸아이의 일상이 항상 궁금한 것만 빼고 말입니다.

– 2012. 11. 9

그런 분 어디 없나요?

작년 12월 17일 이후로 술을 마시지 않고 있습니다. 끊은 건 아니고 수술 후에 췌장 수치가 높아서 당분간 아니 마시고 있습니다. 술을 못 먹으니 친구들도 연락이 뚝 끊겼습니다. 아마도 친구란 게 술 마시기 위한 대상이었던 모양입니다.

술에 덩달아 죄 없는 담배까지 안 피운 지 한 3주 되어 갑니다. 다른 이유이긴 하지만 신문, 뉴스도 끊었습니다. 술, 담배 안 하고 조금씩 운동하고 이러니 사람들이 제게 농담 삼아 그럽니다. 사람 몰골(?) 되어 간다고…. 저는 사는 게 사는 게 아닌데 말입니다.

술맛 잊어버리기 전에, 누구 제게 쉰 깍두기에 쓴 소주 한잔 사 주실 분 어디 없나요?

— 2013. 1. 10. 날 계속 추움

도대체 누굴 닮은 걸까요?

 어제, 오랜만에 맨정신에 집에서 저녁을 먹고 동네 산책을 했습니다. 산책을 하다가 아들 녀석 다니는 고등학교까지 걸어간지라 내친김에 운동장을 돌았습니다. 야간 자율학습 때문에 교실마다 불이 훤히 밝혀져 있습니다

 하지만 제 아들 녀석은 이 시간, 교실에 있지 않습니다. 한 달짜리 야자 외출증을 매달 끊어서는 학교 근처 시민공원 운동장에서 신나게 놀고 있습니다. 남들 한창 공부하는 시간에 다달이 외출증 끊는 녀석이나, 다달이 군소리 없이 외출증 끊어 주는 담임이나 제 상식으론 이해가 가진 않지만, 걱정 같은 건 안 한 지 오래되었습니다.

 누구는 뭔가 믿는 구석이 있어서 그런다고 말하지만, 솔직히 포기한 게 맞을 겁니다. 지난 1년 갇혀 있던 긴 터널의 끝자락에서 아들 녀석은 그냥 서 있습니다. 서 있다가 어디로 갈지 자신 빼고는 아무도 알 수 없다는 걸 녀석은 알 겁니다. 행동을 안 해서 그렇지 모르는 것 빼고는 모두 다 알고 있는 건, 절 닮았습니다.

 운동장을 돌다가… 그 옛날 제 고3 시절, 아무도 없는 깜깜한 운

동장을 뛰면서 씩씩거리던 때가 생각납니다. 아마도 그 시절 맺힌 게 많았던 모양입니다. 제 아들 녀석도 그렇게 저렇게 맺힌 게 많을 테지요.

그나저나 덥습니다. 겨울 동안 추워서 운동 못 하고 이제 더워서 운동 못 하니 이를 어찌해야 하나요?

- 2013. 5. 23

*

공부와 담쌓고 사는 공주병 딸아이, 시립도서관에서 공부 중입니다. 진짜로 공부하는 건지, 친구들과 수다 떠는 재미로 도서관 가는 건지는 모르지만 덕분에 맨정신인 날은, 밤마다 귀가하는 딸아이 마중 나가는 재미에 빠졌습니다.

"아빠, 택배 안 왔어?"

"어~ 모르겠는데…."

뭔지 모르지만 인피니트 브로마이드나 다이어리 기다리는 게 틀림없습니다. 이런 딸아이 때문에 예전엔 걱정도 많았는데 이젠 저도 무감각해졌습니다. 책가방 받아서 어깨에 걸치니 무척 무겁습니다.

"공부는 많이 했어?"

"오늘 할 건 했지. 그게 중요한 게 아니라~"

언제나 설렁설렁, 느긋느긋…. 살찌는 것 외에, 통뼈인 거 외에 걱정도 좌절도 없는 이 아이. 도대체 누굴 닮은 걸까요?

– 2013. 7. 4

다시금 평화가 그립습니다

비가 내립니다. 장문의 보고서를 읽다가 머리가 아파 창문을 바라보니 오늘 머릿속이 휑하다는 느낌입니다. 보고서의 요지가 무엇인지 도대체 모르겠습니다. 비 때문일 겝니다. 아내가 옆에 있었으면 그랬을 테지요. 당신 허파에 바람 든 것 같다고…. 머리가 아프니 눈도 아려 옵니다. 아마도 비 때문일 겝니다. 가을도 아닌데…. 참, 유별나졌습니다.

냉장고 청소가 취미인 그녀는 오늘 하루 종일 창밖만 바라보고 있을 겁니다. 매번 사람 때문에 일상으로 돌아가는 것을 반복하는 K도 오늘은 아무것도 하지 않고 빈둥빈둥할 겁니다. 오래지 않은 어느 날, 노래 부르다 말고 단지 목례만 한 채, 그렇게 그렇게 떠나간 후배가 생각나는 건…. 아마도 이 비 때문일 겁니다.

－ 2013. 7. 10.
다시금 평화가 그립습니다

이런 젠장, 누굴 닮았겠어요

지난 일요일 아침, 까칠이 아들 녀석 방에서 나오며 아내가 입을 삐죽거립니다. 혼내러 들어갔다가 본전도 못 찾은 모양입니다. 모자지간 전쟁의 역사는 꽤 되었지만 언제부턴가 아내는 연전연패입니다. 하긴 아이한테 이겨서 어쩌겠습니까. 시무룩한 얼굴로 한숨을 내쉬며 아내 제게 그럽니다.

"쟨 누굴 닮은거야?"

이런 젠장…. 누굴 닮았겠어요…?

"누굴 닮았겠어. 저 때는 나도 그랬나 보지…."

그냥 이렇게 말하고 마는 게 상책입니다. 말 한마디 잘못했다간 죄 없는 제가 확전의 고통을 감내해야 하니까요.

아내는 아들 녀석 오랜 사춘기 때문에 청소년 전문가가 다 된 줄 알았는데, 그것도 남한테 조언할 때 얘기이고 정작 자기 자식 앞에서는 매일매일 새로운 전쟁이 시작되나 봅니다. 누구 아이는 그렇게 크지만, 또 누구는 저렇게도 크는 게 사람 일인가 봅니다.

그나저나 콘서트 때문에 아침 일찍 집 나간 공주병 딸아이가 얼마 전부터 희망 직업을 사진작가로 바꿨는데, 알고 보니 인피니

트 엘 때문이었답니다. 이 말이 뭔 말인지 제 친구도 못 알아듣던
데…. 이거 웃어야 하는지 모르겠습니다. 요즘 아이들 그런가 보
다, 그저 이러고 있습니다.

- 2013. 9. 11.

아침 공기가 차갑습니다

익숙해서 낯선 것들 3

퇴근 후 오랜만에 일찍 집에 들어갑니다. 다른 생각하면서 화장실에서 손을 씻는데 고개를 들어 보니 온통 삐까뻔쩍입니다. 때 빼고 광내느라 고생했겠네, 라고 말하려고 하는데 거실에 있던 아내 그럽니다.

"화장실 뭐 달라진 거 없어?"

이런… 늦었습니다. 머리를 바꿀 때마다 "나 뭐 달라진 거 없어?"라고 하면서 일일이 확인받고 싶은 여자의 마음이 항상 당혹스럽지만 아내에게 그리고 집안일에 무심한 남자 또한 답답하긴 하겠습니다. 제가 집에서 무뚝뚝하고 무심한 건 아마도 유전인 모양입니다.

*

공주병 딸내미 시험 기간입니다. 뭔 바람이 불었는지 공부를 열심히 합니다. 이런 게 벼락치기 공부면 그건 아빨 닮았습니다. 늦은 밤 도서관 앞에서 무거운 책가방을 건네받고는 넌지시 물어봅니다.

"울 딸! 이제 1등 한번 해 보는 겨?"

"아빠, 진짜로 기대하는 건 아니지?"

아무렴요, 기대 같은 거 안 한 지 꽤 오래된 걸요.

*

늦은 밤 공원에서 운동 중에 전화가 걸려옵니다. 혀가 꼬부라진 낯익은 목소리…. 멀리 지방에서 학교생활하는 친구 녀석이 서울에 세미나 올라왔다가 전화한 모양입니다. 이미 많이 취했습니다. 취해서 전화기 붙들고 고래고래 하는 건 제 특기인데…. 이 녀석 점점 저를 닮아 갑니다. 뭔 할 말이 많은지 알아듣지도 못하겠는 말 주저리주저리하다가 보고 싶답니다. 보고 싶다니 듣기는 좋은데, 이 늦은 시간 어쩌라는지 모르겠습니다.

－ 2013 . 10. 8.

계절이 바뀌고 있나 봅니다

12월, 눈 내리는 겨울날에

눈이 내립니다. 싫든 좋든 한 해를 마무리해야겠기에 밀려 있는 일들을 처리하고 있습니다. 책상 구석에 밀어 두었던 보고서들, 서류들 꼼꼼히 챙겨 읽었습니다.

귀찮기도 하고 겁도 나서 일부러 잊어버리고 있던 병원 검사들 전화로 다시 확인했더니 이미 받았어야 하는 검사가 어떤 건 8월이고 어떤 건 10월, 또 어떤 건 이미 1년이나 지났습니다. 예약을 다시 하면서 병원에 갖다 바쳐야 하는 병원비가 아깝다는 생각이 들어 벌써 짜증이 밀려옵니다.

같이 마주 앉아 밥 먹을 기회도 별로 없는 까칠이 아들 녀석도 뭔가 한 해를 정리하는 듯합니다. 작년 1년 백수 민간인(?) 생활이 올한 해 적잖이 데미지였을 텐데도 느긋한 걸 보면 뭔가 믿는 구석이 있거나 이미 깊은 깨달음이 있었던 게 틀림없습니다. 그게 아니라면, 아니 그렇게 믿지 않으면 제 머리가 복잡해질 테니까요.

공주병 딸아이 아이유 언니 소설 내용에 조금이라도 완성도가 생겼나 했더니 이미 폐기 처분한 지 오래입니다. 적어도 열 번은 바뀌었을 지금의 장래 직업이 언제 또 바뀔지 궁금합니다.

아내는 어제 머리를 다시 바꿨습니다. 제가 보기엔 거기서 거긴데 뭔가 새롭다는 말을 듣길 바라는 모양입니다. 올 한 해 아내와 산행 후 막걸리 한 잔이 예전처럼 그렇게 재미없지 않은 걸 보면 제가 이제 좀 늙었나 봅니다.

내일은 아주아주 오랜만에 만나는 군대 동기들 보러 갑니다. 금년이 가기 전에 밥 한번 먹자 한 약속 다 지키려면 오늘부터 그 밥 매일 먹어야 하는데 어째야 하는지 모르겠습니다. 눈이 펑펑 내립니다.

– 2013. 12. 12

1월, 갑오의 첫날

우금치의 슬픔이 깃든 갑오의 1월, 첫날. 난 퀭한 눈으로, 그리고 참이슬 오리지널로 하루를 시작했다. 브라운관 그녀의 여전히 무식한 뚝심과 함께 첫날은 열리고 40살의 누군가는 죽음으로 그 첫날을 출발한다. 이제 다시 그가 옷깃을 여미며 내게 묻는다. 어떻게 살고자 하느냐고….

잘될는진 저도 모릅니다

고등학교에 다니는 까칠이 아들 녀석, 민간인 백수. 먹고 대학생 (?) 생활의 대미를 장식하기 위해 먼 곳으로 떠났습니다. 이번 여행이 오랜 방황을 정리하게 될지, 그 방황의 정점을 찍을지는 솔직히 모릅니다. 그래도 걱정이 되지 않는 건… 아마도 이유가 있을 테지요.

공주병 딸아이 방학과 함께 긴 칩거에 들어갔습니다. 자기 세계 란 게 있어서 제가 무어라 할 게 아닙니다. 이 또한 아무런 걱정이 되지 않는 건… 이유가 있을 테지요. 아이들은 변하지 않았는데, 아마도 제가 달라진게 틀림없습니다. 아니면 말고요….

언제나 제 사생활이 궁금한 아내는 사람 공부 중입니다. '사람에게 화 안 내는 방법', '화나는 사람에게 무덤덤하기' 뭐 이런 거 공부 중인데 잘될는진 저도 모릅니다. 방금 전 카톡이 왔습니다.

"술 끊은 겨?"

이런…. 끊은 건 술이 아니고 술친구입니다.

- 2014. 1. 3.

갑오년에. 따듯한 정종 한 잔이 생각납니다

아프다고 하는 것에 관한 삽화 2
- 나만 아는 이야기

　난 오늘 거제의 유람선 선착장에 있다. 28년 전의 거제 선착장에서 그는 고향으로 돌아가기 위해 배에 승선한 뒤 검문 끝에 보안사에 체포되었다. 그의 가방에 있던 크레모아와 실탄들 그리고 많은 수의 장약들이 그가 내려놓은 그의 인생 줄기를 대변했다.

　그날 밤 14대의 지프차가 연병장을 가득 메우고, 그날 이후 강도 높은 검열이 있었다. 누군가는 구속되었고 누군가는 보직해임을 당했다. 작전병이었던 나는 장교식당조차 갈 수 없던 작전장교를 위해 사병식당의 식판을 들고 뛰어야 했다. 새벽의 추위를 이기기 위해 석유난로의 연료를 실어 나르다 머릿속에 땀이 흐르고 피부가 가려워지는 석유 알레르기를 얻었다.

　누군가는 과거가 문제되었고, 누군가는 사건 종료와 함께 과거도 묻혔다. 난 오늘 거제의 유람선 선착장에 있다.

- 2014. 1. 5

그 머릿속이 궁금합니다

1월 초부터 북적거리던 헬스장이 조금 한산해졌습니다. 늘 1월만 되면 새로운 다짐 속에 운동하기가 빠지지 않는 모양입니다. 그래도 작심 10일 정도는 되는 것 같습니다. 매일 하는 운동은 아니지만 요즘 딸아이와 함께 헬스장에 있습니다. 딸아이도 새해 다짐 속에 운동이 있는 모양입니다. 뭐 그 다짐들 별건 아니겠지만….

까칠이 아들 녀석, 먼 오지에서 돌아왔습니다. 뭘 보았는지, 뭘 했는지… 묻지도 않고 답하지도 않습니다. 묵묵부답이어도 상관은 없습니다. 인생의 중요한 가치들 스스로 깨우치며 삶은 그렇게 흘러갈 겁니다.

"아빠 그 여자 왜 그렇게 싫어해?"

내 머릿속이 궁금한 만큼, 그 머리속도 너무 너무 궁금한 4차원 딸아이, 이 헬스장에서 며칠이나 버틸는지 궁금해집니다. 그나저나 백두대간 마루금 함께 걷기, 언제 시작할까요?

- 2014. 1. 17

*

이 시간 산에 있는 사랑하는 아내에게 문자가 옵니다.

"울 딸 집에서 울고 있어요. 위로 문자라도 보내 주세요."

공주병 딸내미 시험이 끝났습니다. 날 닮지 않아 언제나 느긋하고 마음이 넓은 딸아이가 시험을 망치고는 울고 있습니다. 의외이긴 하지만 안쓰런 마음에 내 딴엔 멋있게 써서는 문자 보냈습니다.

공부완 담쌓고 사는가 싶더니 이번엔 좀 달랐던가 봅니다. 이놈의 봄날. 애나 어른이나 울 일이 많아서 미치겠습니다. 이번 연휴엔 여행을 마치고 아이들 데리고 안산이나 다녀와야겠습니다.

- 2014. 5. 2

쓸데없이 눈물이 납니다

수군통제영에서 유래되었다는 통영의 바다 앞, 비릿한 냄새나는 사무실에서 그가 나에게 안부를 묻고 있습니다. 바람이 몹시 불어 추웠던 ○○동 공장의 사무실에도 지금처럼 난로 위에 물이 끓고 있었습니다. 잊고 지낸 녹슨 난로 위 양은 주전자를 이곳에서 다시 보고 있으니 마음이 아련해집니다. 그때도 그가 남해 바다를 그리워했었는지는 기억이 나지 않습니다. 기억을 더듬으니 꽤나 오래전의 일들입니다.

온통 잿빛의 벽으로 둘러쳐진 공장 뒤쪽 계단을 따라 올라, 난간에 기대 서면 아래로 작은 운동장에서 네트를 사이에 두고 배구를 하는 공장 직원들의 모습이 보였습니다. 그들의 얼굴도 공장 담벼락처럼 언제나 잿빛이었지요. 굳이 잔에 따라 오란씨를 쭈뼛쭈뼛 건네고는 수줍게 돌아서는 나보다 어리지만 누이처럼 보이던 여자아이의 가녀린 어깨도 늘 잿빛이었습니다.

공장 정문, 사무실 직원 3~4명이 집으로 가는 아주머니들의 가방을 뒤지던 모습이 아무렇지 않은 일상이었던 퇴근 풍경을 보며 신기해하는 나에게 그가 그랬지요. 저건 그들에겐 편한 일상일 뿐이라고…. 다른 환경에서 서로 다른 것을 본 세월의 무게 탓으로 그와 난 서로의 말을 못 알아듣고 있습니다. 그래서 서글프기도 하지만 중요한 건 아닙니다.

통영 중앙시장에서 내게 선물할 건멸치를 포장하는 그의 옆얼굴이 무척이나 늙었습니다. 예뻤던 그 얼굴도 세월의 풍상 앞에 어쩔 수 없나 봅니다. 옛 친구를 만나는 것…. 즐겁고 가슴 벅찬 일이지만 한편으론 가슴이 먹먹해지는 일이기도 합니다. 통영 차가운 바닷바람 때문에 쓸데없이 눈물이 납니다.

– 2014. 1. 24

늙은 그녀의 빈방에 누워 1

빈집이다. 주인이 없으니 온기도 없다. 내가 오지 않는 동안은 늘 온기가 없는지도 모른다.

"따듯하게 하고 계세요."

"내 걱정은 하지 마라, 늘 따듯하게 하고 있으니."

전화 대화는 늘 똑같다. 받지 않는 전화 때문에 신경이 곤두서고 누이들에게 돌림 전화하다가 겨우 통화된 그녀의 무심한 답에 버럭 한 게 맘에 걸린다. 그녀도 나만큼 바쁜 것을.

보일러를 켜고 아직 차가운 방바닥에 누워 얼룩진 천장을 바라보다 잠이 든다. 얼마나 자고 있는 걸까? 그녀가 이불귀를 당겨 내 몸을 덮는다. 아주 오래된 옛 습관이다. 그녀가 밥을 준비한다. 문득 머릿속에서 그런다.

'그녀 옆에 누워 본 게 얼마 전일까? 그녀의 따듯한 밥을 1년에 몇 번이나 먹고 있을까?'

다시 깊은 잠에 빠져든다. 천장의 얼룩 때문에 난 1977년의 언저리에 지금 누워 있다.

– 2014. 2. 24

왜 인사 안 해?

언젠가 아침 출근길, 까칠이 아들 녀석과 엘리베이터를 탑니다. 중간에 아들 녀석 같은 학교 학생이 탑니다. 엘리베이터에서 내려서 물었습니다.

"쟨 선배야, 후배야?"

"선배네."

"뭘로 알아?"

"명찰 색깔이 달라."

"아~ 그렇구나."

옛날 사람이고 가정에 불성실한 전 몰랐습니다.

"근데 선배한테 인사 안 해?"

"누군지 모르는데 뭐 하러 인사해?"

다시 다른 날 아침, 이번엔 또 다른 층에서 아들 녀석 같은 학교 학생이 탑니다. 서로 아는 척도 안 합니다. 내려서 다시 물었습니다.

"쟨 후배야, 선배야?"

"1학년이네."

"저 자식, 학교 선배한테 왜 인사 안 해?"

"날 모르는데 뭐 하러 인사해?"

우리 땐 안 그랬는데 세상이 많이 변했습니다. 혹 우리 아들 학교만 그런지도 모르지만요. 바보 같은 저로선 참 신기한 일입니다.

— 2014. 4. 9.

멍청한 뫼르소

늙은 그녀의 빈방에 누워 2

　여전히 그녀는 바쁘다. 거실 천장에서 떨어지는 물방울을 낡은 고무대야가 고스란히 받아 내고 있다. 물이 새는 천장을 공사한다더니 아직 시작하지 못한 모양이다.

　연락 없이 찾아갈 적마다 그녀 혼자만의 공간은 늘 비어 있다. 늙은 그녀의 빈방, 따뜻한 봄날이라곤 하지만 어쩐지 겨울의 황량함이 묻어난다. 전화기를 들어 그녀에게 전화하려다가 그만둔다. 그녀도 나만큼 사생활이 바쁜 것을….

　수십 년 되었을 그녀의 화장대 위에 앨범이 펼쳐져 있다. 사진을 담아낸 비닐 커버가 아무렇게나 접혀 있는 낯익은 낡은 앨범. 그 속에 어린 내가 있고 지금의 나보다 훨 어린 그녀가 있다. 지금의 저 나이에도, 그녀에게도, 붙잡고 싶은 과거가 있는 게지. 순간 울컥해진다. 그녀에게도 동화 같은 봄날이 있었던 게지. 붙잡고 싶은 과거가 있는 게지….

– 2014. 5. 9

5월, 오늘임을 안다

심온은 육십두 살에도 5월의 신록이 좋다 했다지만 4월 16일부로 멈춰 버린 5월의 비 오는 광장에 나사렛 목동은 어디 있는가. 텅 빈 광장은 여전히 비둘기들뿐이다. 그래도 나는 오늘, 미뤄 둔 향을 피운다.

"아빠 그 여자 왜 그렇게 싫어해?"

나이 어린 딸아이가 더는 묻지 않게 된 오늘. 비로소 난 향을 피우고 오월이 오늘임을 안다.

– 2014. 5

익숙해서 낯선 것들 4

까칠이 아들 녀석 때문에 아내가 다시 긴장 중입니다. 담임과 뭔가를 약속했는데 이미 그 기한을 넘겼습니다. 날이 갈수록 날 닮아 가는 게 불안하지만 늘 그렇듯 무관심한 척하고 있습니다. 아내는 참을성 없는 나 때문에 곱으로 긴장 중이지만, 정작 난 복잡한 사생활 때문에 신경 끄려 하고 있습니다. 내 인생도 아닌 걸 긴장해서 뭐 하겠습니까.

*

요즈음 공주병 딸아이 제 오빠 얘기 전혀 안 합니다. 스파이 하나 잃었지만 저도 머리가 아파서 남 일에 신경 쓸 시간이 없나 봅니다. 지저분하던 습작노트들 다 없애고 온라인 공간에서 노는 걸 보니 아빠한테 지켜야 할 사생활이 복잡한 모양입니다. 몰래 훔쳐본 그 공간에 기실 내용은 별거 없습니다. 그 머리로 공부 좀 하면 1등도 껌(?)이겠구만 공부완 담쌓은 걸 보면 날 닮아 가는 게 틀림없습니다.

*

지방에 사는 친구 녀석 세미나 때문에 서울에 올라왔다가 제 지근거리에 숙소를 잡았습니다. 날 괴롭히기로 작정한 모양인데, 이번 주 내내 조용히 살긴 글렀습니다. 녀석 술 취해 게거품 좀 물지 않았으면 좋겠습니다.

- 2014. 5. 13

스스로 알게 될 테지요

늦은 일처리로 심신이 피곤하던 날, 그가 절 찾아왔습니다. 몸을 가누기도 힘들었지만 그의 근황을 들어야 했기에 선술집에 마주 앉았습니다. 자식이 뜻대로 되지 않아 괴로워합니다. 자식은 키우는 게 아니라 스스로 크는 거라는 오래전 친구 녀석의 말이 떠올랐지만 그 말이 위로가 될 리 없습니다. 요즘 아이들 다 그렇다는 말로 서로 위안을 삼고 있으니 이 또한 어리석은 대화입니다.

작년 말 학년이 올라가면서 담임 선생이 써 준 글귀는 「1년 동안 버텨 줘서 고맙다」였답니다. 내가 본 것과 비슷한 글귀라 웃었습니다. 자식을 키우는 일, 공부하고 반성하고 성찰하면서 스스로 클 수 있도록 옆에서 지켜봐 주는 일. 쉬운 일은 아니겠지요.

아직 젊은 엄마의 장례식을 마치고 집에 돌아와, 밤 늦은 시간 아들 녀석 불러내서는 아파트 앞 벤치에 앉아 1시간 넘게 대화를 하던 아들 친구 녀석의 모습을 아파트 창문에서 내려다보며 내 아들 녀석도 그렇게 그렇게 인생을 다시 깨닫고 성찰하게 되겠거니 생각합니다.

"아빠… 대학생, 고등학생, 이제 중학생 차례래…."

세상 돌아가는 거, 나보다 더 잘 알아서 점점 강성(?)이 되어 가는 공주병 딸내미가 쬐끔 아주 쬐끔 걱정되는 거 빼고는 그냥저냥 걱정 같은 거 안 하고 지켜보고 있습니다. 커 가면서 세상을 스스로 알게 될 테지요.

- 2014. 6. 3

6월에…

어제 없는 오늘

6월 10일 그날. 늘 그랬듯 어제는 가고 다시 오지만 나는 어제를 잊었다. 그는 어제마다 내게 와서는 운다.

"그 오늘이 아닐 거야. 광장을 봐. 비둘기들뿐이잖아!"

심신이 지친 노작가는 어제 그렇게 말하며 어제를 놓지 못한다. 나이테에 또 한 줄이 가는데도 어제를 놓지 못하는 수많은 나무들에게 어제는 죽었다. 어제가 없는 오늘은 그래서 잔인하다.

– 2013. 6. 11.

예수도 없는 오늘

6월 오늘… 어제를 만나다

그는 6월에 늘 아팠다. 미친 정신으로 혼잣말로 그랬다. "나 혼자 살아서 고지를 넘었지. 나 혼자. 나쁜 놈들…." 굳이 허벅지에

만들어진 그날 핏빛 흔적을 보여 주며 가끔 속으로 울었다. 오늘
그는 사선을 넘어 말없이 누웠다. 6월에 그 십 날에 다른 시선으로
오늘은 간다. 6월 10일 그날에…. 여전히 전쟁 중인 난, 두 개의 시
선을 하나로 끌어안고 어제를 놓을 수도 잊을 수도 없다.

- 2014. 6. 10.

오늘 예수를 만나다

다시 6월에 내가 그에게 말하다

다시 한 해를 반으로 고이 접으며 뜨거운 태양 아래 하얀 풋말을
닦는다. 6월이 오면 늘 아팠던 그는 풋말 아래 누워 말이 없다. 장
독대의 된장독을 닦으며 그의 아내가 그랬다. "매실 따야 하는데
어쩌누~" 누워 고요한 잔디풀 뒤로 보리가 익어 간다. 소나기는
언제나 내리려나?

이산에서 남자 그리고 여자

이산에서 길을 잃고 고택에 들다

　소백산 자락 이산에서 길을 잃고 어느 종갓집 고택에서 하룻밤 의탁했습니다. 이른 아침 툇마루에 앉아 종달새(?) 두 마리를 보다 가…. 문득 내가 술 못 끊는 이유를 알았습니다. 어깨에 올려진 무거운 짐은 내려놓는다고 내려지는 게 아니더이다.

– 2013. 8. 10. 새벽

남자, 낡은 배낭 때문이겠지

낮선 길인데도 낯설지 않은 시골길, 나와 같은 차림새의 낯선 남자. 남자는 왜 이 시한부 마을길을 걷고 있을까?

조만간 들어설 댐 때문에 절반 이상의 사람들이 떠나 버린 마을엔 폐허가 된 집들과, 다른 한편으론 포근했던 어릴 적 시골 외갓집의 모습이 공존한다. 숙소를 정하고 낡은 배낭을 풀고는 이틀간 쉼 없이 걸었던 피곤함이 한꺼번에 몰려오지만 자꾸만 남자의 얼굴이 떠올라 숙소를 나선다. 남자는 왜 이 시한부 마을길을 걷고 있을까?

초라한 시골 슈퍼 앞 마당. 남자가 앉아서 다가서는 나를 바라본다. 내 모습과 닮았다. 작은 용기가 필요한 일. 남자가 묻는다.

"숙소를 정하셨네요."

나그네임을 아는 게지. 정조의 이름이던가, 남자는 이산이고 마을도 이산이다. 뭔가 아득하다. 꿈을 꾸고 있던가. 이산은 소백산이던가…. 마을길을 돌아온 그의 배낭이 내 낡은 배낭을 그대로 닮았다. 이틀간의 여정도 이렇게 힘든데 남자는 꼬박 5일을 걸었다. 이산 때문에…. 이름을 얘기 안 할 수 없어 순간만 이이가 되었다. 길지 않은 대화, 남자가 말하는 이산은 내가 알던 이산 그대로다. 슈퍼 앞으로 흙먼지를 날리며 도착한 노란색 시골 버스에 올라타는 남자의 뒷모습에서 왜 자꾸만 나를 보고 있는지…. 배낭 때문이겠지…?

여자, 산이건 물이건 그대로 두라

여자는 친절하다. 문지방을 힘들게 통과한 시골 밥상을 내려놓으며 웃는 얼굴 위로 땀방울이 맺혔다.

"볼 거 하나 없는 시한부 마을길을 이 남자는 왜 걷고 있었을까?"

웃고는 있지만 여자의 표정이 낯설다. 소백산 자락 이산을 얘기하려다 그만둔다. 다

부질없는 것을…. 내가 허겁지겁 밥을 먹고 있는 동안 오랜 세월 홀로 지킨 고택의 마룻바닥에 앉아 허망한 세월을 탓하고 있는가. 동화 같던 젊은 처자 시절의 동네를 떠올리고 있는 게지.

숟가락으로 퍼 올려진 아이스크림처럼 이 고택도 퍼 올려져 어디인가로 옮겨질 테지. 집은 보존하되 동네가 없어지면 무슨 소용일까? 변변한 직업도 없이 서울을 떠돌던 여자의 아들이 마지막 지켜야 할 동네의 흔적 때문에 낙향해 호미를 손질하고 있었던가. 나도 여자도 여자의 아들인 남자도 말을 아낀다.

낮에 기찻길을 걸었다. 오랜 기간 만날 수 없었던 기차로 인해 기차 선로는 녹이 슬었다. 여자의 아들도 기찻길 옆 ○○다리 밑에서 텐트 치고 고기도 잡았을 테지. 이부자리와 내 배낭만 빼면 아무것도 없는 방 옆으로 툇마루에 새 한 마리 날아든다. 내소사 참선방 문짝에 손으로 휘갈겨 쓴 글귀 위에도 저 새는 있었던가.

「산이건 물이건 그대로 두라」

제발 산이건 물이건 그대로 두라.

남자, 흔적 때문에 그런 거겠지

뜨거운 태양 아래 드넓은 마당. 수많은 흰색 풋말들 속에 앉아 한 남자와 마주 앉았다. 남자는 누워 말이 없다. 무엇이 서러워했던 이야기 다시 하고 다시 하고···. 무엇이 서글퍼 수많은 옛일 꺼내 놓기를 반복했는가. 나도 남자를 닮아 가는 게지. 삼 일을 꼬박 걸은 통에 발바닥이 부어올랐다. 내 발을 보고는 남자가 허허 웃는다.

"너도 그럴 나인 아닌 게지. 죽은 이를 밟아 가며 산허리를 돌고 돌던 그때 내 나이가 아닌 게지."

남자가 다시 웃는다.

"아이가 날 닮아 가나 봅니다."

남자가 다시 한번 웃는다. 하얀 푯말에 새겨진 남자의 이름 뒤로 선명히 박힌 내 이름 석 자. 아이의 이름을 함께 새기지 못한 게 미안해진다. 배낭 속에 여자가 깊이 찔러 넣어 준 양파즙 파우치가 뜨겁다. 남자 앞에 앉아 양파즙 대신 미지근한 맥주캔을 들이킨다.

"고향이라 아쉬운 거죠."

여잔 말은 쉽게 했으나 차마 놓을 수 없는 흔적 때문에 슬픈 거겠지. 이산처럼. 누워 있는 여기 이 남자도 그랬는가. 놓을 수도 잊을 수도 없는 흔적 때문에 그렇게 그렇게 아팠는가. 현재와 싸워야 할 정도로 그렇게 슬펐는가. 여자의 아들은 오늘도 아무 쓸모없는 농기구를 무심히 손질하려나.

– 무더운 여름날 오후

흘러간 일상, 서러운 파편들

한밤중에 자다 깼는데 형이 앉아 있는 거야. 밥상 앞에서 소주를 혼자 마시고 있더라고…. 너무 슬퍼 보였어. 우리 형 참 불쌍하다. 그런 생각했었어. 그때… J.

친구 녀석 술에 취해 엎어져서는 그러더라고. "나 내일 등록금 받으러 가는 날이다." 조건 없이 학비를 대 주는 사람이 있다는데 그때 친구 녀석 표정은 뭐랄까? 뭔가 참담하다는 표정? 그런 거였어… K.

잘나가는 선배를 인터뷰했는데 성공하게 된 계기, 뭐 그런 얘기였지. 전국적인 노름꾼이던 시절, 도박판에서 밤새 노름하고 다 털린 상태로 새벽녘 돌아서서 나가는 상대 남자의 멍했던 그 표정 잊을 수 없었대. 인생을 다 포기해 버린 그런 얼굴… L.

23연대 연병장 구석퉁이 자리에서 밤늦은 시간 초코파이에 성냥 꽂아 주던, 2기갑 정문에 홀로 덩그러니 남아 멀어지는 버스를 향해 손 흔들며 울던, 그 장정(이 단어 알지?)을 20년 만에 만났지. 왜 그런 걸 전혀 기억 못 하는 걸까? …L.

아버지가 새벽녘에 흙 묻은 삽을 들고 들어왔지. 그 삽으로 배신

당한 상대 남자를 묻으려 했대. 차마 묻지는 못했다는데, 그 원한이 뭔지를 못 물었네… P.

7월, 소녀 그리고 새 떼와 예수

7월… 여전히 오늘이다

7월의 끝날 하루. 초췌한 카이사르의 얼굴로, 어두운 잿빛 하늘로 7월은 간다. 누구는 하얀 치자꽃 향기 실어 보낸다 하고 어딘가는 청포도가 익어 간다지만, 7월은 텅 빈 광장에 빗줄기를 그으며 중학생이 새벽 담을 넘듯 그렇게 간다.

"묵과할 수 없다."

저도 바닷가 그녀의 서슬 퍼런 얼굴과 함께 7월은 가고 남은 자리엔 비둘기들뿐이다. 여전히 예수도 새 떼도 없는 오늘이다.

- 2013. 7. 31

7월… 소녀가 곧 새 떼고 예수인 걸

목멱 위 소나무가 베여 나가고 아해 겨울 외투의 음습함이 계절을 잊은 날, 청포도는 익어 가고 치자꽃의 순결함에 넋을 놓는다.

5월 광장의 굿판은 그때를 잊었고 다시 만난 나사렛 목동조차 말이 없다. 카이사르가 시작한 7월의 어느 날, 브루투스는 어디에 있었던가.

"아빠는 왜 그렇게 그 여자를 싫어해?"

울기를 그만 그치고 더는 묻지 않게 된 15살 가녀린 소녀가 조용히 읽고 있는 태곳적 7월이 곧 새 떼고 예수임을 알지 못하고 어찌 7월을 보내는가.

– 2014. 7. 25

익숙해서 낯선 것들 5

중요한 미팅 때문에 아침에 일찍 일어나다. 거울 속에서 초췌한 낯선 남자 보다. 미팅 끝내고 고교 동창이 씩씩거리며 전화하다. 학교 선배의 어머님 별세 소식 듣다. 감정적, 논리적 그 간극에 대한 설명을 관심 갖고 경청하다. 은행에서 내게 전화하다. 아내의 간곡한 문자 받다. 오늘 말복에 입추임을 알다.

*

까칠이 아들 녀석 다시 먼 여행을 떠났습니다. 이번이 마지막이길 바라지만 아니어도 괜찮습니다. 저는 SNS 하안거 중입니다. K는 오랜 부재를 끝마치고 서울에 돌아왔습니다. 자세한 말은 안 하지만 산티아고에서 모든 시름 잊었다 합니다.

"혹 선밴 내가 여자인 적 있었어?"

항상 여자였는데 후밴 별걸 다 물어봅니다.

며칠 전 오랜 벗의 어머님 장례식장에 다녀왔습니다. 술잔을 건네받으며 어머님의 지난 일들을 얘기합니다. 담담한 표정 뒤로 마음 한편이 어떨지 겪어 봐서 잘 압니다. 홀로 남으신 아버님께 인사드리며 지금은 안 계신 제 아비를 떠올렸습니다.

언제 더웠나 싶게 여름이 가고 있습니다. 뭘 했나 되돌아보고 있습니다

"아… 오늘도 눈물 나는 밥 또 먹네. 밥만 먹으려면 눈물이 나."

세월의 창현이 아버님 말씀 때문에 먹먹해집니다. 비가 내립니다.

난 고향집 담벼락의 곡선이 좋았어

누구에게나 숨은 사연 하나씩은 있을 테지. 말없이 누워 있는 이 남자도 그러려나. 앞자리 3천원짜리 붉은색 조화완 많은 대화했으려나. 한쪽 다릴 잃은 여치도 그 숨은 내용 함께 나누었으려나. 꺼억꺼억 못다 해 목구멍 밖으로 토하고 싶은 그을음, 허공에 난 빈 구멍 속에서 다 부서졌겠다. 남자가 눈감던 날 아내가 그랬다지. 거 가서 매실 따야 하는데 어쩌누.

「난 고향 집 담벼락의 곡선이 좋았어」

살아서 못 가던 곡선길 따라 붉은 배롱나무, 죽어서도 못 가게 된 걸….

특목고 갈 봉사 점수가 필요한 중학 밤톨들의 비석 닦는 손이 바쁘다. 오늘 아무 쓸모없는 호미를 누군가 무심히 손질하려나.

*

그녀가 아프다. 늘 아플 나이인데도 가만히 쉬고 있질 않으니 아플 만도 하다. 아픈 몸을 이끌고 담벼락 고춧잎에 물을 주며 하늘을 올려다보는 그녀의 머리카락이 오늘따라 더 하얗다.

「나도 고향 집 담벼락의 곡선이 좋았어」

곡선길 따라 붉은 배롱나무 옆 비석에 뭐라 쓰여 있었는지…. 죽어지면 생각나려나. 갑자기 그녀가 살아 낸 세월이 얼마나 흘렀는지 생각이 나지 않는다. 내 나이조차 잊은 오늘, 나도 아프다.

「고향 집 담벼락의 곡선이 좋았어」

살아감,
그런 것에 관한 어리석음… 그 소고(小考)

까맣게 탄 메뚜기를 어기적어기적 씹어 먹다가, 쌔카맣게 떼를 지어 화북의 들판 농작물에 내려앉아 사람의 살점을 갉아 먹던 왕릉의 거대한 메뚜기 떼를 생각했습니다.

*

「밀라노 공동묘지, 아직 살아 있는 사람들끼리의 처절한 정사(情事)」
이 문장이 맞는지 갑자기 궁금해져서 『페스트』를 다시 읽고 있습니다.

*

완곡한 공문 하나 쓰고 있습니다. 내가 아쉬운 일이라 되도록 간곡하지만 완곡하게 쓰다가, 17살짜리 어린 고1 소녀가 쓴 완곡하지만 간곡한 어제의 편지글이 생각났습니다. 17살 편지의 상대가 63

살 그녀인 건 너무 야만적입니다.

*

"아빠, 명수 정말 잘생기지 않았어?"

드라마 속 인피니트 명수를 보다가 뜬금없이 내게 질문하는 15살
짜리 공주병 딸내미를 보고 웃다가, 때때로 강성인 이 소녀에게 세
상이 얼마나 잘생기고 아름다운지 말할 수 없는 건 야만이다, 그런
생각했습니다.

*

「귀뚜라미에게 대접할 것이 없어서 나는 가난하다. 시도 노래도
내가 가진 것은 가난하다. 무릎 모아 열심히 들어 주는 것, 어둠의
깊이를 같이 느껴 보는 것, 내가 가진 가난한 재산은 그것뿐이다.」

– 안개소문(@8570jjs)

존경하는 시인님의 글귀가 너무 아름답습니다.

*

시인인 그가 시를 쓰지 않은 지 1년이 지났습니다. 시인을 시인으로 만나지 못하는 건 또 다른 야만입니다. 야만과 간곡함, 그리고 아름다움. 세상은 그렇게 굽이굽이 돌아가겠지요.

익숙해서 낯선 것들 6

전날 마신 술 때문에 늦게 일어난 날 아침에…. 벽에 새로 액자가 걸렸고, 떨어져 박살 난 시계 자리에 새로이 시계가 걸렸습니다. 지지대가 부러져 한쪽이 내려앉은 커튼봉도 얌전히 제자리에 있습니다.

"여보, 여기 못 좀 박아 줘…. 커튼봉이…."

대답은 시원하게 했는데 제가 뭘 한 기억은 없습니다. 저보다 더 집안일에 관심 없는 까칠이 아들 녀석이 했을 리는 없고, 우유배달부가 아니면 제 아내가 했겠지요.

그리고 보니 얼마 전 시립도서관에서 빌린 책 두 권. 대출일자가 지난 채 그대로 책상 위에 있습니다. 표지밖엔 본 게 없는데…. 참 이러고 살기도 쉽지 않을 텐데…. 아들 녀석은 절 닮은 게 틀림없고, 전 도대체 누굴 닮은 걸까요?

– 2014. 10. 29.

이제 진짜 겨울이 왔나 봅니다

겨울 초입, 그의 마음이 차다

대숲에 드는 바람 소릴 맡으며 겨울을 부지런히 준비할 농부인 벗이 늦은 밤 전화를 한다. 그의 술 취한 목소리가 낯설다. 나무와 풀과 겨울자나방과 바람 소리 곁에서 그는 사바세계에 남겨 놓은 때 묻은 끈자락 한 가닥이 왜 그토록 궁금할까?

– 2014. 11. 21

*

그가 늘 부러웠습니다. 풀벌레 소리 맡으며 강호를 떠나 정토에서 유유자적하는 그가. 나무를 날라다 흙을 바르고 도랑을 파는 그가 늘 부러웠지요. 트럭에 작물을 가득 싣고는 가락동에서 헐값에 넘긴 후, 시골로 내려가며 내게 건, 전화기 너머 그의 힘없는 목소리에도 그가 늘 부러웠습니다.

그가 읍내에서 내게 전화하며 내 아내의 안부를 물을 때에도 서울에 있는 아이들을 생각했을 게 뻔한데도 난 읍내의 로망 때문에 그가 부러웠습니다. 그가 배추밭을 갈아엎어야 할 때조차 그의 자유로움이 부러웠습니다.

　지난밤 늦은 시간, 그가 내게 전화해서 그럽니다. 넌 치열하게 살아서 좋겠다고. 아옹다옹 욕도 하며 그렇게 살아서 좋겠다고. 오래전 끊었다는 그놈의 술에 취해 그가 다시 내게 그럽니다. 네가 부럽다고. 그가 외로우니 나 또한 외로워집니다.

- 2014. 11. 21

스스로 그러겠지요

퇴근길. 길에서 우연히 아내와 까칠이 아들 녀석을 만났습니다. 오랜만에 숯불 닭갈비집에 모여 앉았습니다. 집에 혼자 남겨진 공주병 딸아이에게 미안했지만 셋이서만 한 해를 보내는 덕담을 건넵니다. 아들놈, 「행복한 여자」의 호섭이 머리 때문에 웃다가 물어보니 호섭일 모릅니다. 하긴, 알 리 없지요.

녀석에게 술 한 잔 따라 주고 싶었지만 끊었다네요(?). 아빠가 네 나이 때를 돌이켜 보니, 할아버지가 어쩌고저쩌고…. 말하고 보니 아내도 처음 듣는 이야기입니다. 또렷이 떠오르는 그 시절의 아픔 때문에…. 이런, 좀 오버했습니다. 갑자기 울컥해지니 말입니다. 결론은 아빠처럼 살면 안 돼, 뭐 이런 거지만.

아들 녀석이 알아들었는지 못 알아들었는진 모릅니다. 하지만 순간적으로 울컥한 제 애비 때문에 스스로 성찰 비슷한 건 하겠지요. 모처럼 부자 대화 때문에 기분이 좋아져 소주 한 잔 입안에 털어 넣는 아내의 옆모습이 많이도 늙었습니다. 앞으로 어떤 삶을 살아갈지 알 수 없는 아들 녀석이 커 가는 무게만큼 아내나 나나 더 늙어 가겠지요. 딸아이에게 문자가 옵니다.

"아빠, 왓슨스 들러서 이 초콜릿 좀 사다 줘."

아무 생각 없어 보이는 사랑하는 공주병 딸내미도 내가 늙어 가는 세월만큼 스스로 성찰하며 잘 커 갈 겁니다.

- 2014. 12. 30

을미년 1월의 일상

을미년 첫 번째 해넘이

을미년 새해, 친구가 SNS에 올린 해맞이 사진을 보고는 멋있다 생각했습니다. 오늘 그곳에 달린 댓글을 보고는 그게 해맞이가 아니라 해넘이인 걸 알았습니다. 무심히 보고 지나쳤는데, 누군가의 댓글처럼 저도 해넘이를 생각해 본 적이 없었습니다. 일몰 앞에서 희망을 생각해 보기는 처음이란 생각이 듭니다. 1월 1일의 해넘이…. 누구처럼 많은 생각이 듭니다.

나를 보는 중입니다

해가 바뀌고 일주일이 지나갑니다. 전년도를 다 정리하지 못했는데, 새해에 놓여진 일들이 많습니다. 일주일 사이 병원을 다녀왔고 새로이 병 2개를 추가했습니다. 온 가족이 돌아가며 감기에 시달렸습니다. 공주병 딸내미, 새로운 도전 앞에 서서는 부담감에 웁니다. 남들 다 하고 사는 것이긴 하지만 괜히 안쓰럽습니다. 까칠이 아들 녀석 못생긴(?) 여자 친구를 집에 초대했습니다.

"녀석이 요즘 눈빛이 달라졌어요. 함 믿어 보세요."

누군가의 말이 아니었음 여자 친구 국물도 없었는데 말입니다. 아내가 이번엔 또 뭔가를 하겠다고 통보해 왔습니다.

"나 잘할 것 같지 않아?"

처음 듣는 말이 아닌데도 당황스럽습니다.

"너네 아빠 치사하지 않니? 대답도 시원하게 안 하고….'

딸내미에게 말해 봐야 대답 않는 거 보고도 모르나 싶지만, 이번엔 애정 어린 눈으로 지켜볼 참입니다.

을미년 올해 내 소원이 뭔지 생각 중입니다. 첫 번째야 한 지붕 아래 철부지 아이들이 제발 정상적인 생각으로 정상적인 길(?)로 가 주길 바라는 것이지만, 제 개인적으로는 건강에 얽매이지 않고, 복 많이 받는 것에 기대지 않고, 남들 사생활에 쓸데없이 끼어들지 않고, 세계사에 관심 끊고, 나 혼자서도 잘 놀 수 있는, 그런 일을 할 생각입니다.

그게 뭔지 모르지만 지금부터 생각 중입니다. 인생 얼마나 살지도 모르니 말입니다.

– 2015. 1. 7

평화로운 삶은 아닐 터이다

잠시 소파에 앉았다가 깜박 잠이 들었다. 눈을 떠 보니 불도 켜지 않은 거실 창가 밖으로 검은 그림자가 지나간다. 30층 꼭대기 창가에 사는 것을 보니 평화로운 삶은 아닐 터이다. 일어나 냉장고를 여니 밝은 빛이 거실 바닥으로 쏟아져 내린다.

커다란 냄비 속 곰국은 한가득이다. 저 곰국을 끓이며 아내는 어떤 생각을 했을까. 전화가 온다. 그러고 보니 집 전화벨이 울리는 걸 듣는 게 오랜만이다. 아니, 처음 듣는지도 모른다. 전화는 몇 번을 울리다 지쳐 멈춘다. 나를 찾는다면 이내 내 핸드폰이 울릴 것이다.

그러고 보니 어젠 전화를 받지 않는 늙은 그녀 때문에 불안했었다. 전화벨 소리에 무신경한 건 그녀의 오랜 습관일 테지만 난 늘 불안해진다. 내가 그녀를 닮았다. 오늘 겨우 통화된 그녀가 그런다.

"남잔 밥심으로 사는겨."

혼자 많이 있어 봤으면서도 늘 혼잔 적응이 안 된다. 아마 저 창가의 그도 혼자인 게 서러운 게지. 화장실 거울 속 초췌한 낯선 남자와 마주하며 지금의 평화가 불안하다. 아내의 부재가 예사롭지 않은 이유다.

- 2015. 1. 17

누구와 막걸리를 마시지?

내 친구, 자랑스런 그녀는 시인입니다. 화가입니다.

오늘 나는 막걸리를 마시고 시를 쓰고 노래합니다. 나는 매일 밥하고 빨래하는 그런 여자인데 막걸리 덕에 시를 씁니다.

내 친구 시인 그녀는 오늘 세탁기를 돌립니다. 그리고 저녁밥 준비를 합니다.

그녀는 내가 되고 나는 그녀가 됩니다. 세상사 다 그런 것 같습니다.

작은 술병 하나면 가능한 일이니 세상에서 막걸리 한 병이 제일 잘난 것 같습니다. 막걸리가 시인이었던가 봅니다.

– 2012. 8. 20.

논현동에서 이경희

*

오늘 전 빨래를 합니다. 아내가 늘 하던 일이지요. 아니, 빨래는 세탁기가 하던가요. 빨래를 너는 일이 제 몫이었네요. 그러고는 설

거지를 합니다. 아내가 늘 하던 일이지요. 물을 너무 많이 쓴다고 아내가 언젠가 타박했던 게 생각납니다. 청소를 하려다가 그만둡니다. 이도 늘 아내가 하던 일이지요.

짬을 내 쓴 커피 한 잔 들고 창가에 섰습니다. 갑자기 아내가 보고 싶어집니다. 참 바보 같은 생각입니다. 친구에게 문자가 옵니다.

"막걸리 한잔해야지."

문득 논현동 그녀의 막걸리가 생각납니다. 제목도 없이 날아온 시였지요. 그녀의 막걸리를 보며 천상병의 막걸리가 생각났었습니다. 선생이 그랬지요.

「막걸리는 술이 아니고 밥이나 마찬가지다. 밥일 뿐만 아니라 즐거움을 더해 주는 하나님의 은총인 것이다.」

창문 밖으로 뒷산 언덕에 젊은 부부의 모습이 보입니다. 오늘 막걸리를 누구와 마시지? 문득 든 생각입니다.

— 2015. 1. 18

늙은 그녀의 빈방에 누워 3

전화를 받지 않는다. 늙은 그녀의 오랜 습관이지만 난 불안해진다. 긴 시간. 다시 돌림 전화 끝에 통화된 그녀는 태평하다.

"밥은 제때 먹고 다니니? 남잔 밥심으로 사는겨…, 날이 추우니 안에 옷 든든히 껴입고."

그녀의 안부를 편안히 물을 수 없다. 걱정하실까 봐 병원에 누운 아내의 안부도 전할 수 없다. 늦은 시간 방문한 그녀의 빈방, 그녀가 바쁜 만큼 방 안도 휑하다. 다시 전화기를 들어 그녀에게 전화하려다가 그만둔다. 그녀도 나만큼 사생활이 바쁜 것을…. 건넌방의 달력은 아직 갑오의 12월이다. 옥상의 눈은 저 혼자 녹았으리라. 그녀가 없는 빈방은 늘 겨울이라 외롭다. 흑백사진 속 그녀처럼 빈방은 늘 흑백이다.

- 2015. 1

3월의 무게

3월을 기다리며

1월의 희망이 허망해지고 다시 이유 없이 3월을 기다리며, 이 2월을 힘들게 버텨 내고 있습니다. 30년 친구였던 담배도 끊고, 술도 끊고, 운동도 하는데도 몸이 계속 아픕니다. 브라운관 무식한 그 여자도 잊고, 오로지 일에만 파묻혀 있는데도, 이렇게 정신이 아득한 이유를 모르겠습니다. 순리대로 흘러가는 2월에게 미안하지만 어쩔 수 없습니다.

오늘 새벽 동네 한 바퀴 돌았습니다. 낮엔 사무실을 빙빙 둘러 걸었습니다. 오후엔 용기 내어 그녀의 친구에게 다시 메일을 보냈습니다. 저녁엔 서점에서 시집 한 권 골라야겠습니다. 추억을 아니 만나고 살아야 그 추억을 잃지 않을 거라는 말보다, 추억을 잃더라도 마음속의 이 번잡함을 정리해야겠다고 생각했습니다. 이제 그녀를 만나고 싶습니다.

- 2015. 2. 25

3월의 무게 탓이겠지요

3월의 첫 주가 지나갑니다. 아직 쌀쌀하지만 마음은 보다 포근히 착해졌습니다. 1, 2월 미뤄 버린 일들 처리해야 하고, 병원 일정이 많아졌지만, 그래도 새로운 희망 비스무리한 거 가질 수 있게 된 건 순전히 3월이라는 무게 탓이겠지요. 달력을 보니 오늘 경칩입니다. 문득 개구리 한 마리 보고 싶다, 그런 생각 했습니다. 경칩 기념으로 잠시 끊었던 술, 오늘 마실 예정입니다.

까칠이 아들 녀석과 공주병 딸내미는 최근 기분이 좋습니다. 새 담임 선생님이 만만하거나 유치한 삶의 이유를 발견한 게 아니라면 아마도 3월 탓일 겁니다.

사랑하는 아내는 수술 후유증을 이겨 내고 드디어 외출을 시작했습니다. 요즘 부쩍 아내와의 대화가 많아진 걸 보면 제가 촌스러워진 게 맞습니다.

저녁엔 저만큼 덜떨어진 후배 한 명 만납니다. 아침에 통화한 후배 녀석, 고민이 많은 모양입니다. 그 고민으로 인해 나까지 고민하지 않기를 다시 마인드콘트롤 중입니다. 지금 3월이니까요.

– 2015. 3. 6.

아침 공기가 상쾌합니다

늙은 그녀의 빈집 앞에서

도둑이 망가뜨린 대문과 현관의 자물쇠가 바뀌었습니다. 연락 없이 휴가 나오니 부모님이 이사 갔다더라, 보다야 훨 낫지만 그녀의 빈집에 들어가지도 못하고 대문 앞 돌바닥에 앉았습니다. 등 뒤 그녀의 집 철문엔 두 개의 문패가 있었습니다. 나의 이름과 그의 이름이 나란히 있었지요.

그를 떠나보내고 언제 그 문패를 없앴는지 기억이 나지 않습니다. 아주 오래되었던 그 문패를 처음 달면서 아마도 그는 내게 할수 있는 게 이것밖에 없다고 생각했는지도 모릅니다. 그녀를 만나러 왔다가 갑자기 그가 보고 싶어진 게 철문 때문인지, 나이 탓인지 잘 모르겠습니다.

그 시간 늙은 그녀는 조그만 동네 텃밭에 불을 놓고 있었습니다. 바지가 흙으로 범벅이 되고 타는 불 때문에 얼굴이 홍조가 된 채 나타난 그녀의 머리카락이 오늘따라 유난히 하얗습니다. 다시, 그녀가 살아 낸 세월이 얼마나 흘렀는지 생각이 나지 않습니다. 할 말은 아니지만, 언젠간 그녀도 이렇게 보고 싶게 되겠지요. 그처럼 말입니다.

- 2015. 3. 18

모든 게 가짜인 것처럼

그는 술에 취한 비 오는 날이면 늘 그랬다.

"우리 아버지 정말 싫었거든. 근데 내가 우리 아버지처럼 살고 있네."

그때마다 앞자리 그의 친구는 또 늘 그랬다.

"아버지가 보고 싶구나."

그 대화의 절반만큼만 관심 있던 난 그 답말을 이해하지 못했다. 세월이 지나 언젠가 비 오던 날, 술 취해 가짜가 된 내게 아내가 그랬다.

"아버지가 보고 싶구나."

*

재하처럼 그곳에 끌려와야 했던 청춘들은 밤마다 맞았다. 나처럼 그곳으로 도망쳐 온 청춘들은 때리거나 구경하거나 둘 중 하나였다.

"세상은 온통 가짜다."

그렇게 말하던 부산역 앞의 J는 재하를 잊었다. 나처럼 반듯한 사람이 왜 거기 있느냐고 묻던 날, 나도 가짜가 되었다.

*

A는 나를 바라본다. 나는 상처 때문에 세상을 버리고 싶다. 사람을 버리고 도망칠 준비를 끝낸 내게 A는 그런다.
"너 때문에 내가 좀 아파."
그 아픔을 보듬을 수 없다. 이미 다 버려서 가짜가 되었기 때문에….

*

전쟁이 있던 그날 밤, 난 옥상에 있었다. 나 말고도 많은 청춘들이 있었지만 아무렇게나 교합된 대화는 괴이했다. 새벽녘의 스산함이 밀려온 때문이 아니라 뫼르소가 태양 때문에 아랍인에게 방아쇠를 당기듯 아무 일 없이 그 광기는 그냥 거기 있었다. 모든 게 가짜인 것처럼….

적응과 성찰, 사색과 공감

걷다 본 하늘이 아름답다

걷다. 낮엔 바람이 부나 햇빛이 따사롭다. 지난주 아내가 다시 입원하다. 아이들은 이번엔 가출(?)하지 않고 제자리를 지키다. 이 시끄러움에 다시 적응 중이다. 오전에 의사 만나다. 평정심, 성찰 중이다. 토요일 오랜 벗이 찾아오다. 왜 걷는데…? 이유가 없는 걸 이제야 알다. 걷다 본 하늘이 아름답다.

- 2015. 3. 24

양심도 함께 묻혔다

14일. 비가 내린다. 서산 출신 자수성가했던 어느 죽은이가 남긴 메모로 세상이 시끄럽다. 진실조차 허망하다. 광장 빗속에서 어느 부모들은 피울음을 토한다. 바그다드에서 보았던 화폐 속 후세인 얼굴이 이 난장에 닮아 있다. 그리고 이날 귄터 그라스가 죽었다.

양심도 함께 묻혔다 한다.

- 2015. 4. 14

누군지는 모르지만…

사색과 공감. 누군지는 모르지만 기찻길 테마가 맘에 들어요. 아직 가 보지 못한 끝을 볼 참이었는데 아직은 그럴 필요가 없어졌어요. 해가 쨍쨍해도 상관없지만 비가 오면 더 좋았겠단 생각은 했지요. ○○살의 나를 만나는 건 아주 특별한 덤이고요. 왜 이 침목이 42일까 생각하다 진짜 세어 봤죠. 하나, 둘, 셋…. 예상대로 그렇더군요. 만든 이의 정성은 또 다른 덤이네요.

오늘을 살라 하는데

10월의 마지막 날 이른 새벽, 서해안 고속도로에 있었다. 쓸데 없는 아침의 집중력! 3시간여 잤을까. 생의 한 줄기가 다시 지나간 다. 그리고 억새가 익어 간다. 서산여고 교정을 둘러볼 걸 그랬다. 오늘을 살라 하는데 자꾸만 어제이고 싶다. 억새가 익어 간다.

도피 말고 온전한 너의 인생을 살렴

멀써, 벚년째 - ㅁ ㅕ 실 삼을실지고. 낮에 잠깐식 눈을 붙이다. 점심에 한잔 그리고, 술시에 또한잔. 겨우 잠들면 속이 아파. 또 깨고, 일상이 무너지지 오래고. 무기력증에 빠져, 너털웃음 마저도 비웃듯 한다.지리산 어느골짜기세 움막을짓고라도 살고프지만, 그놈의 자식들 때문에 도피조차 못하는 나는 못난이랍니다. 어쩜 훌쩍 떠나지도 못할까?

오전 8:1

외롭구나. 한번에야 어찌 다 늙겠는가마는 하나씩 내려놓고 너의 인생을 살렴.. 혼자하는 산행도 조으네 그려

오전 8:19

이슬비 내리는 이른 아침, 난 그 산의 중심에 있었다. 생쥐 머리 꼴을 한 아낙이 스쳐 지나갔고 다시 3명의 아낙이 멀어져 갔다. 오지 않는 잠 때문에 24시간 감자탕집에 앉아 새벽 술을 마시는 그가 그런다. 도피

조차 할 수 없다고. 도피 말고 너만의 온전한 삶을 살라 그랬던가.
이 비가 그치면 매서운 바람이 불 테지. 아침은 누군가에게는 벅차
고 또 누군가에게는 좌절이다.

"비 오는 날 아침, 혼자 하는 산행도 괜찮네 그려."

나 거 있을게요

나 거 있을 거예요

혹, 낼 아침 운동 같이하실 분 있나요? 기찻길이나 걸어 보게요. 아직 끝까지 가 보지 못해서 그 끝을 볼 참이에요. 가볍게 한 대여섯 시간 걸어 보려고요. 비가 오면 더 좋고요. 해가 쨍쨍해도 상관 없어요. 어차피 인생 다 그런 걸요. 연락 주세요. 나 거 있을 거예요.

그래도 한번 오세요

그저 그 끝을 볼 참이었죠. 생각보다 길이 길더군요. 사람의 오기라니…. 기차길 침목을 몇 시간 걷는 게 쉽진 않더군요. 3시간 걸은 끝에 허허벌판 무의미한 풍경 때문에 발길을 돌렸습니다. 결국 끝을 보지도 못하고 족저근막염.

다행히 자연치유가 되었지만 얻은 건 있습니다. 짜가 나이키 운동화를 신고 기찻길을 몇 시간씩 걸으면 안 된다는 거. 딱 20대의 백마역 정도만 생각하고 잠시만 걸을 것. 집사람하곤 한 번만 갈 것. 그래도 한번 오세요. 나 거 있을게요.

닌자 도나텔로

아들 녀석이 놀다 버린 쌤은 딸아이의 유일한 친구였다. 파리 9구 오스만거리 쁘렝땅에서 만났지만 몸에 새겨진 출생지는 인도네시아다. 이름이 쌤인 이유는 내가 어릴 적 집에서 키우던 셰퍼트 이름을 아들에게 유도했기 때문이었다.

까맣게 잊고 지낸 얘가 갑자기 어디서 튀어나온 건진 모르겠으나, 한집에 쭉 같이 살고 있었음이 틀림없겠다. 지금은 나보다 조금 더 영악한 딸아이지만 그 옛날 때때로 쌤과 나눈 딸아이의 대화는 조금은 기이했다. 내가 쌤과 대화해 보긴 첨이다. 사실 자긴 250살 먹은 바다거북이란다. 딸아이는 알고 있었을 게 틀림없다.

"갸 가끔 날던데, 닌자 도나텔로가 본명일 걸~요~?"

늦가을 창밖, 느릅나무가 있는 풍경

날이 추워졌습니다. 어김없이 또 계절은 바뀌고, 덩달아 마음까지 차가워졌습니다. 아침에 일어나 어제 밤늦게 통화한 친구 녀석과 뭔 얘길 했나 생각하려다 말았습니다. 기억 못 하는 병 좀 됐습니다. 여전히 바쁩니다. 친구들은 바빠서 좋겠다고 하지만 왜 바쁜 건지 모르게 그냥 바쁩니다.

어제, 5년 만에 옛 사업상의 지인이 찾아왔습니다. 사업 정리하고 귀촌해서 잘 살고 있답니다. 저와 달리 행복한 얼굴입니다. 언제나 단정한 K가 다시 몇 개월 만에 나타나 근황을 전하고 갔습니다.

"혹 선밴 내가 여자인 적 있었어?"

뜬금없던 K의 질문이 생각났습니다. 대답은 그렇게 안 했지만 늘 여자였는데 말입니다. 고교 동창이 초저녁에 술 한잔하자며 술 취해 전화했습니다. 책상 옆에 쌓인 보고서들을 다시 한쪽 구석으로 밀어 놓았습니다. K가 일 년 전 빌려 간 책 한 권 놓고 갔습니다. 구하기 힘든 헌책의 제목은 『아니마, 혹은 여자에 관한 기이한 고백들』입니다. 머리가 아련히 아파 옵니다.

— 2015. 10. 13

인생길을 지나갈 테다

2014년 4월 9일 녀석은 오하마나 안에 앉아 맹골도를 지나고 있었다. 16일이 아니었던 건 교장 선생님이 가위바위보에서 주먹을 냈기 때문이었다고 했다.

1년하고도 반년이 더 지난 오늘 아침, 녀석은 잿빛 담벼락을 뒤로하고 다른 학교 정문으로 웃으며 빨려들어 갔다. 웃고 있지만 여전히 촌스런 표정이 나를 닮았다.

631,184가 그렇게 낯선 담벼락을 따라 빨려들어 갔으리라. 김봉수 기자가 아니었으면 250이 더 있었음을, 그래서 631,434였음을 잊을 뻔했다. 녀석은 오늘 251의 힘으로 작은 하나의 인생길을 지나갈 테다.

- 2015. 11. 12.

수능 보던 날

한 해의 끝자락에 아련함… 문득

또 한 해를 마무리하고 있습니다. 매번 느끼는 감정이 예사롭지 않습니다. 이제 어지간히 나이도 먹어 가나 봅니다. 앞날의 모습이 두려운 만큼, 설렜던 과거의 아련함이 계속해서 그리워지니 말입니다.

*

27년 만에 군대 동기를 만났습니다. 저와는 달리 인생 반듯하게 잘 살아가고 있습니다. 그래도 세월이 세월인지라 그 곱던 얼굴이 많이도 늙었습니다. 옛 이야기 나누는 와중에, 적지 않은 내 지나온 시간들을 잊고 살았구나 생각했습니다.

*

언젠가도 그러더니 동창 모임에 다녀온 아내가 술 취해 제게 그럽니다. 인ㅇ여고 합창반 같이하던 이민 간 꽃순이(?)가 보고 싶다고. 그 꽃순이 저도 보고 싶은데 아내는 오죽하겠습니까. 어느 하늘 아래서, 그 꽃순이는 인○여고 합창반 같이하던 제 아내를 어쩌다 가끔은 생각하며 살아갈지 문득 궁금해졌습니다.

*

을미년이 가기 전에 소주 한 병 들고 혼자서, 갑동에 누워 계신 아버지에게 다녀올 참입니다. 할 말이 많았는데 늘 어머니나 아내, 아이들이 옆에 있어서 못다 한 말이 있습니다. 예전과는 달리 잠자코 들어 주시겠지요. 같이 마실 요량으로 오늘 지인에게 화요 한 병 주문했습니다. 날이 제법 춥습니다.

- 2015. 12. 18

녀석이 알는지요

한 해의 끝자락에서

월요일 아침부터 비가 내립니다. 한 해를 마무리 지으며 내년도 비지니스 플랜을 짜고 있습니다. 누구는 나이를 먹으며 고수가 되어 가는 자신 때문에 깜짝깜짝 놀란다는데 저는 나날이 하수가 되어 사는 모습에 허탈해집니다.

사랑하는 아내 올 한 해 열심히 운동하며 마음을 잘 다스렸으니 내년에는 더 열심히 하겠다는데, 제가 보기에 겨우겨우 마인드 컨트롤 중입니다. 아마도 저 아니면 제 잘난 맛에 사는 아들 녀석 때문이겠지요.

까칠이 아들 녀석, 새로운 출발선에 다시 서 있습니다. 절 닮지 않은 건 알겠는데, 어디서 저런 내공으로 불성실에 무심 태평인지 알다가도 모르겠습니다. 늘 하는 말이지만, 내 인생 아니고 지 인생이지 싶습니다.

공주병 딸아이, 수학 실력이 많이도 늘었습니다. 그래서 몇 점인데? 누가 물어보면 여전히 대답 못 하겠는 걸 녀석이 알는지요. 매일 끼고 자는 인형이 뭔지 몰랐는데 성규(인피니트) 인형이라네요. 그도 지 인생이겠지요.

전 오늘부터, 아니 지난주부터 줄줄이 사탕 모임입니다. 작년에도 그랬는데, 금년이 가기 전에 밥 한번 먹자 한 약속 다 지키긴 글렀습니다. 그 때문에 삐진 후배 때문에 맘이 편치 않습니다(?). 매일 늦는 제게 아내 또 그러겠지요.

"잘나셨어요….."

연말이라 그런지 서울은 오전에도 길이 막힙니다.

녀석이 아니고 저입니다

한 달여간의 긴 대화 끝에 녀석이 다시 먼 길을 떠났습니다. 이번처럼 살아감 그런 것에 관한 속 깊은 대화는 처음인지라 녀석도 저도 뭔가를 놓치고 있으면서도 상대를 이해하기란 쉽지 않았습니다. 인생을 훨 더 살아 냈지만, 전 녀석의 질문에 제대로 대답하진 못한 듯합니다. 하지만 우습게도 결국 위로받은 건 녀석이 아니고 저입니다. 아직 옳은 길이 무엇인지 모르지만, 그 갈 길을 스스로 결정했으니 이제 묵묵히 지켜보는 게 옳겠지요.

– 2016. 1. 4

책을 읽지 않아선 아닐 겁니다

녀석이 놓고 간 핸드폰이 제 손에 있습니다. 메일도 카톡도 모두 삭제하고는 녀석은 오랜 칩거에 들어갔습니다. 덕분에 녀석의 방이 제 차지가 되었습니다. 코 고는 소리 때문에 밤잠을 설치는 아내도 평화를 찾았습니다. 하지만 사람이 한 명 있다가 없어진 공간에서 제대로 된 평화는 아닐 테지요. 깊은 산속에서 마음을 정화 중이니 아마도 세상이 얼마나 아름다운지 모르고 사는 제 애비가 답답하긴 하겠습니다.

*

누워 있는 침대 옆에 책장이 보입니다.

"○○야, 너 이 책 읽었어? 이건?"

반가운 제목의 책이 눈에 들어오면 늘 녀석에게 묻곤 했는데, 그때마다 녀석은 아직입니다. 책 한 줄 읽는 거 싫어하는 줄 알면서도 습관적으로 묻곤 했던 건 책에서 배운 인생을 향한 강한 끌림 때문이지만 문득 그런 생각이 듭니다. 세상엔 책으로 배울 수 없는 게 너무도 많다는 것. 사람과 더불어 사는 것, 특히나 아이와 한 지붕 아래서 온전히 공존하는 게 쉽지 않은 건 책을 읽지 않아선 아닐 겁니다.

*

"난 세상이 꼭 그렇다고는 보지 않아."

녀석이 뭘 보고 뭘 생각하고 뭘 느끼는지 잘 모르지만 스스로 성찰하면서 알 건 알게 되겠지요. 암튼 10대와 50대가 서로에게 배울 게 있으니 녀석 말마따나 세상 참 살아 볼 만합니다.

— 2016. 1. 7

서랍 속, 문득, 손목시계

지금 몇 시예요?

서랍 속 손목시계. 얼마 전 돌아가신 장인어른이 아내에게 남긴 시계입니다. 핸드폰 때문에 늘 잊고 지낸 손목시계가 문득 예뻐 보입니다. 바늘은 멈춰져 있습니다.

무심히 서랍을 닫았다가 다시 돌아서서 주머니에 챙겼습니다. 시계점에서 배터리를 갈고 손을 좀 보니 바늘이 다시 돕니다. 낡은 이 시계가 특별히 폼나는 건 아닐 텐데, 괜스레 마음이 편안해집니다. 누군가 모르는이, 길에서 내게 물어봤음 좋겠습니다.

"지금 몇 시예요?"

제 손목도 따뜻합니다

서랍 속, 문득, 낡은 손목시계 때문에 얼마 전 돌아가신 장인어른이 생각납니다. 시계는 아내에게 남긴 유품입니다. 남겼다기보다는 아내가 챙겼겠지요.

　상을 다 치르고 이동하는 버스 안에서 제가 하도 서럽게 울어 대는 바람에 옆자리에 있던 친구 녀석이 그랬지요. 사위가 이렇게 서럽게 우는 거 첨 봤다고. 돌아가시기 며칠 전, 몇 개월 만에 처가에 잠시 들렀는데 잠들어 계셔서 뵙지 못한 게 못내 서운합니다. 젊어서는 그렇게 무서우셨다는데 제겐 늘 다정하신 때로는 큰형님 같은 아버지셨습니다.

　시계는 지금 제 손목에 있습니다. 늘 손이 따듯했던 아버님 손처럼 지금 제 손목도 따듯합니다.

- 2016. 3. 11

아이들은 언제나 2학년이다

 2014년 4월 9일, 녀석은 세월호의 쌍둥이인 오하마나를 타고 맹골도를 지났다. 원래 예정되어 있던 16일이 아니었던 건, 교장 선생님이 일정이 겹친 김홍도학교에 일자를 양보했기 때문이었다고 했다. 학생들은 교장 선생님이 가위바위보 중 주먹을 냈기 때문이었다고도 했다. 사실이든 아니든 일주일 후 녀석이 지났던 맹골도를 홍도의 아이들은 끝내 건너지 못했다.

 2년이 지난 오늘, 새파란 심장을 갖고도 녀석의 숨소리는 늘 거칠다. 250, 아니 304의 심장이 얹혀진 때문이다. 길은 굽어져 캄캄하다. 홍도 아이들의 졸업식 날, 옥상에 새들이 내려앉고 햇살이 따사로워 이내 꽃 피는 봄이 와도 길은 늘 깜깜한 물속이다. 아이들은 언제나 2학년이다.

– 이런… 병신년 2016. 3

그 말에 외로워졌습니다

오로지 교복이 예뻐서 학교를 선택한 공주병 딸내미 요즘 신났습니다. 하기 싫은 공부 과정 한 가지 때려쳤거든요. 어렵게 허락한 것처럼 했지만 사실 하나 안 하나 별 차이 없어서 별로 고민도 안 했습니다.

녀석이 최근에 직업을 다시 바꿨습니다. 하도 변덕쟁이라 수시로 변하는 게 놀랄 일도 아니지만 직업이 좀 의외입니다. 경찰이라네요. 쩝~ 뭘 봤길래. 아마도 김혜수 때문일 겁니다. 경찰은 아무나 하냐 하려다가 관뒀습니다. 어제는 술 취한 제 아빠를 꼭 껴안으며 그럽니다.

"오빠가 보고 싶네. 아빠도 그래서 외로운 거지?"

안 외로웠는데 그 말에 외로워졌습니다. 산속에 있는 까칠이 아들 녀석도 언뜻언뜻 내가 보고 싶을는지 잘 모르겠습니다. 아님 말고요.

– 2016. 3. 31

촌스러워지는 거, 맞습니다

점점 촌스러워집니다

아내가 어린 딸아이와 불쌍한 저를 남겨 두고 홀로 봄맞이 여행을 떠났습니다. 하루 종일 전화 한 통 없다가 하트 하나 달랑 날아왔습니다. 괜히 혼자라고 생각하니 마음 한편으론 허전합니다. 그래도 잠시나마 한가해져서 이것저것 인터넷에서 뭔가를 찾다가 이 봄날에 사람들은 무엇으로 하루를 보내나 싶어 몇 사람과 통화했습니다. 좀 전엔 지곡에서 농사짓는 오랜 벗이 전화했습니다. 휴가 내서 내려오라고….

오늘 오전 병원 예약 깜박 잊었습니다. 자주 있는 일입니다. 얼마 전 후배가 요청한 면담 아직 시간 못 내고 있습니다. 문득, 따뜻한 남쪽나라로 훌쩍 떠나고 싶다는 생각했습니다. 점점 촌스러워집니다. 집에 혼자있는 딸아이 저녁 걱정돼서 일찍 들어갈 예정입니다. 촌스러워지는 거, 맞습니다.

– 이런… 병신년 2016. 4. 6

촌스러워 그런 것이겠지요

공주병 딸내미 요즘 재미없습니다. 만만한 제 엄마 집에 없거든요. 아내는 평생 안 해 본 비즈니스한다고 멀리 출장 갔습니다. 덕분에 공주님 한 분 챙기느라 제가 정신없습니다. 최근에 정치적 정체성(?)이 같아진 것 빼고는 그닥 친할 일이 없는 딸내미이니 오죽하겠습니까.

친구 녀석들이 그럽니다. 집사람 없어서 좋겠다고···. 나날이 비쩍 말라 가는 제 몰골이 안 보이는 모양입니다. 간도 큰 놈들입니다. 딸내미만큼 친할 일 없는 아내가 보고 싶은 건 제가 촌스럽거나 아내가 만만해서 그런 것이겠지요. 문자가 옵니다.

"아빠, 올 때 콜라도 빼먹으면 안 돼."

다시금 아내가 보고 싶어집니다.

더운 봄날의 5월 밤에

덥습니다. 창문 너머 놀이터 그네에 가방을 어깨에 멘 채 한 젊은이가 앉아 있습니다. 잠시 쉬고 있는 것이겠지만 외로워 보입니다. 여자 친구가 속 썩이거나 카드값 걱정을 하고 있는지도 모르겠습니다.

이 시간, 집에서 이렇게 차분히 PC 앞에 있어 보기도 오랜만입니다. 어제는 바람도 불더니 오늘 밤은 바람 한 점 없습니다. 5월이라 더울 줄 알았지만 생각 외로 넘 덥습니다.

"깨워 줘, 아빠."

깨웠는데 딸아이는 다시 잠에 빠졌습니다. 어버이날 썼다는 아들 녀석 편지는 끝내 집으로 오지 않았습니다. 건강하게 잘 있다고는 늘 다른 이에게 듣습니다. 아내는 오늘 바쁩니다. 새로운 일을 시작했는데 그 기념으로 늦습니다. 그래서 혼자 있는 제가 오랜만에 마음이 차분합니다. 좀 전에 본 하늘 온통 까만데 별 하나 없습니다. 더 좀 전엔 어머니 전화하셨습니다.

"별일 없니?"

한동안 전화 못 드렸습니다. 낮에 피 뽑을 일 있었는데 또 놓쳤습니다. 마음은 차분해도 머리는 자꾸만 먹먹합니다. 덥습니다.
아내에게 문자가 옵니다. 일찍 자긴 글렀습니다.

- 병신년 5. 19. 22:10

늦여름 새벽, 그 단상

새벽 4시 5분. 깊숙이 여름 냄새가 배어 있지만 바람은 그래도 선선합니다. 오지 않는 잠 때문에 나선 새벽 산책길에, 잠시 걸터앉은 벤치 앞 길 건너편으로 경찰서가 보입니다. 이렇게 이른 새벽 시간에 맨정신으로 산책하기는 무척 오랜만이지만, 이 시간의 새벽 풍경이 그리 낯설지는 않습니다.

늦은 밤 흥청거림의 여운이 채 가시지 않은 젊은이 몇몇이 헤어짐을 아쉬어 하며 지나쳐 갑니다. 약수를 담은 커다란 생수통을 캐리어에 끌고 가는 아저씨 한 분도 보입니다. 비틀비틀 걸어가는 중년 취객의 발걸음은 몹시도 위태로워 보입니다. 더러는 제 모습이기도 했겠지요.

산속에서 하산해 집에 온 까칠이 아들 녀석과 공주별 딸아이는 곤히 잠들어 있습니다. 아내는 뒤척이는 나 때문에 깨었다가 다시 잠들었습니다. 맞은편 경찰서는 조용합니다. 그러고 보면 경찰서가 익숙했던 때가 있었습니다. 어려서는 A 때문에, 젊어서는 나 때문에, 나이 들어서는 일 때문에. 경찰이 장래희망이라는 딸내미는 아직도 그 직업을 바꾸지 않았습니다. 워낙에 변덕쟁이라 한 직업이 이렇게 오래간 적이 없었는데 신기한 일입니다.

아들 녀석 제 지근거리에서 혼자 공부 중입니다. 늘 그랬듯 그냥 믿는 거 외에 제가 할 건 없습니다. 최근 정치적 정체성(?)이 같아진 거 빼고는 그닥 친할 일 없는 딸내미가 수학 공부에 열심입니다. 뭐 기대 같은 거 안 한 지 꽤 되었지만 아무튼 별일입니다. 잠이 다시 올는지 모르겠습니다. 수술한 눈이 아파서 제대로 잠들긴 글렀습니다.

또 한 명의 취객이 비틀거리며 지나갑니다. 조금 있으면 아침인데 말입니다. 아이스 아메리카노 한잔해야겠습니다. 마끄도나르도가 24시간 영업하는 거 지금 알았습니다. 제대로 잠자긴 글렀습니다.

– 2016. 8. 20. 05:00

올려다본 천장 때문에

병원 수납에서 내 번호를 기다리며 앉아 있습니다. 올려다본 병원 천장의 높이 때문에 눈이 아득해집니다. 왜 병원은 얼마를 결제하게 될지 알 수 없는 걸까요?

'이 병원에 갖다 바친 돈으로 빌딩 하나 샀겠다.'

이런 쓸데없는 생각을 하며 앉아 있자니 짜증이 납니다.

"약 먹은 지 2년 반이 더 지난 것 같은데요?"

짜증 섞인 내 말투 때문인지 내분비 의사가 내 얼굴을 빤히 쳐다봅니다.

K가 오전에 들러 서류 한 통 전해 주기로 한 거 깜박했습니다. P와의 저녁 약속을 언제로 연기할지 판단이 서지 않습니다. 아내에게 온 우체국 메모를 전달 못한 게 생각납니다. 병원 천장을 다시 올려다봅니다. 원주 동생은 어제 왜 하루 종일 통화가 안 되는지 모르겠습니다.

수납에 앉아 있는 직원들의 표정은 언제나 무표정합니다. H가 전화해서는 사무실에 언제 도착할는지 묻습니다. 앞쪽으로 지나쳐 가는 저분 어디선가 본 듯한데 생각이 나지 않습니다. 수납 번호기에 내 번호가 뜨려면 멀었습니다. 왜 병원엔 항상 사람이 이리도 많은 걸까요?

"담배는 다시 안 피우죠?"

내가 의지가 약한 사람으로 보이나 봅니다. 일 년 전, 담배 끊고 후유증 없냐던 호흡기 의사 말에 끊고 나서 착해진거 같다고 대답하다 혼자 빵 터졌던 게 생각납니다. 올려다본 병원 천장이 아득합니다. 생각보다 병원비가 많이 나왔습니다.

"한 번 더 찍어 보고 결정합시다."

올려다본 천장 때문에 눈이 아득해집니다. 택배기사가 전화했습니다. 내 이름으로 택배 올 데가 없는데 뭐지, 생각했습니다. 머리가 멍해집니다. 원주 동생은 여전히 전화를 받지 않습니다. 문득, 남쪽 나라에 가고 싶어집니다.

"더러는 착한 놈도 있는 걸요."

사람 착하게 생긴 의사가 웃고 제가 따라 웃습니다. 다시, 천장 때문에 눈이 아득해집니다. 지독했던 여름이 지나갔습니다.

- 2016. 9. 30

가끔 추억은 하겠지요

역시 인터넷은 대단합니다. 보고 싶은 것을 보게 하니 말입니다. 유튜브상에서 J가 그의 아내와 색소폰을 불고 있습니다. 사실 얼굴을 알아본 건 아닙니다. 형수뻘인 그의 아내 이름자를 기억하고 있으니 그임에 틀림없습니다.

다른 흔적을 찾다가 들어간 고등학교 앨범 속에서 그의 이름과 얼굴을 보고서야 얼굴을 고스란히 기억해 냈습니다. 그가 있는 색소폰 동호회 사무실로 전화하려다 말았습니다. 막상 해야 할 말이 무언지 생각이 나지 않기 때문입니다. 창밖을 보는데 창피하지만 찔끔 눈물이 납니다. 공주병 딸내미가 밖에 나가 울지 말라고 신신당부했는데도 말입니다.

평일 대낮, 군복을 입은 채 J의 오토바이를 타고 나간 읍내의 홍등가 골목길에 나를 떨궈 놓고 유유히 사라진 J가 그 옛날을 기억할는지는 알 수 없습니다. 재하를 다는 기억 못 하는 J도 가끔은, 아주 가끔은 서럽고도 아름답던 그날들의 가을날을 추억은 하겠지요.

*

재하는 입대로 보면 나보다 1년 선임이었으나 내가 상급부대 행정병이었으므로 업무 이외에 개인적으로 교류할 일이 있지 않았다. 부대가 경계에서 교육대대로 전환되면서 철책에서 물러나 후방으로 재배치된 후 재하의 중대가 본부영내로 통합되었다.

무더웠던 여름 어느 날, 소각장에서 미처 타지 않은 비문 한 장이 바람 따라 영내를 유유히 날아다닌 사건으로 난 완전군장을 한 채 연병장을 50바퀴 돌아야 했다. 땀으로 범벅이 된 내게 물 한 컵 떠다 준 게 재하였고 그날 밤 그와 처음 개인적인 얘길 할 수 있었다. 나로선 재하가 흥미로웠다. 그건, 그가 끌려온 운동권 학생이어서가 아니라, 그의 독특한 정신세계와 다분히 문학적 기질 때문이었다.

*

J는 당시 럭키금성 마산공장에 있었다. 그를 4년 만에 만나기 위해 부산역에 내리던 91년 5월의 봄날, 따뜻한 햇살이 비추었다.

"세상은 온통 가짜다."

J를 생각하면 늘 난 재하를 떠올렸다. 재하가 밤늦은 시간, 과거 때문에 실컷 두들겨 맞고는 내게로 왔던 날, J가 우연히 옆에 있었다. 그날 J의 분노는 다분히 나와 같은 종류의 것이었다. J가 나를 보기 위해 한달음에 달려왔다. 마산사무실에서 출발했으니 가까운

거리는 아니었을 터이다.

"세상은 온통 가짜다."

입버릇처럼 J가 했던 말을 언젠가 재하도 했었다.

*

재하처럼 그곳에 끌려와야 했던 청춘들은 밤마다 맞았다. 나처럼 그곳으로 도망쳐 온 청춘들은 때리거나 구경하거나 둘 중 하나였다.

"세상은 온통 가짜다."

그렇게 말하던 부산역 앞의 J도 재하를 다는 기억해 내지 못한다. 나처럼 이성적인 사람이 왜 거기 있느냐고 묻던 날, 나도 가짜가 되었다.

— 2016. 9. 20.

여전히 나만 아는 이야기

마음도 차갑습니다

다시 날이 추워졌습니다. 어김없이 계절은 바뀌고 사람들의 발걸음도 달라졌습니다. 여전히 늙은 그녀는 바쁘고 때때로 아픕니다. 수시로 아플 나이인 걸 전 가끔 잊고 사는가 봅니다. 30여 년 만에 연락이 닿은 J를 아직 만나지는 못했지만 문자로 소통 중입니다. 그 오랜 세월에도 옛날 옛적 일들을 파노라마처럼 기억합니다. 그에게도 서럽고도 아름답던 젊은 시절이었을 테지요.

옛 모습이 거의 남지 않은 초등학교 교정에서 열린 동문 체육대회에 참석했습니다. 하도 방문해서 그런지 지금 모습이 옛 모습인 듯 오히려 익숙하다 보니 옛 교정의 모습이 자꾸만 잊혀 가는 듯합니다.

멀리 객지 사는 오랜 벗이 술 취해 전화했습니다. 얼굴 보고 싶다고…. 처음 하는 소리가 아닌지라 별 감흥은 없지만 녀석의 외로움에 덩달아 저까지 외로워졌습니다.

지금 문득, 초등학교 교정의 홍익인간 비석은 어디로 갔지 하고 생각했습니다. J를 만나면 옛정 나누고 추억을 공유하며 즐거울 텐데도 혹시나 사람을 만나 추억을 잃게 되지 않을까 두렵기도 합니다.

불 꺼진 늙은 그녀의 빈방에 누워 있자니 한기가 느껴집니다. 마음도 차갑습니다.

- 2016. 10. 11

제발 어제를 어제로 두라

　오늘 (지)강헌이란 이름을 가진 자가 죽었다. 스물여덟 해 전 어제를 어제로 놓지 못하고 끊임없이 오늘로 기억해야 하는 건 또 다른 야만이다. 두어 해 전의 세월이 여전히 오늘이듯, 오늘과 그 어제 사이에 무심히 흐른 스물여덟 해가 다시 오늘이 되었다.

　제발 어제를 어제로 두라. 제발 산이건 물이건 그대로 두고 어제를 어제로, 오늘을 오늘로 기념케 하라. ss.

- 2016. 10. 16

늘 흑백인 걸요

J와 20대를 소통 중입니다. 병과 장교로 만나 군이란 공간에서 함께 호흡했으나 그도 저도 서로 다는 모르는 20대의 기억을 교감하는 건 80년대 그 시절의 공감대, 그런 게 있기 때문일 테지요. 비록 그때는 알 수 없었겠으나 저나 J에게도 아름다웠을 시절이었을 겁니다. 물리적인 거리가 멀어서 시간을 못 내고 있으나 조만간 만나지게 되고 옛이야기에 취하게도 되겠지요. 그저 흑백인 채로….

먼곳으로부터 오랜 벗이 찾아왔습니다. 새삼스러이 근황을 묻고는 가족의 안부 또한 전합니다. 한잔 술에 취기가 오르고 과거와 현재를 넘나듭니다. 항상 성적으로 내 바로 위에 있었기 때문에 저는 잘 알지만 제가 바로 밑에 있던 걸 벗은 기억 못 합니다. 바로 밑이란 건 그런 것인 모양입니다. 가끔, 아주 가끔 하는 옛이야기

를 늘 저만 기억할 때마다 마음이 섭섭하지만 뭐 어쩌겠습니까. 그
래 봐야 늘 흑백인 걸요.

고등학교 동창 모임 밴드에 오래전의 옛 컬러사진 한 장이 올라
왔습니다. 2002년 2월 차이나타운. 사진 속 아이들이 모두 어립니
다. 댓글을 달았습니다.

"이런 좁쌀만 한 것들이 컸다고 까불고 있어."

항마촉지인(降魔觸地印)

　혹시나 제가 아는 그이, 담천이신지…. 글 내용이 조금은 해탈의 느낌이외다. 석가모니께서 깨달음을 얻은 그 순간(正覺)의 손끝 모양이 항마촉지인(降魔觸地印)이란 걸 혹시 아시는지…. 악마를 모두 물리치고 편안한 미소 속에 지긋이 땅을 향하는 손가락 끝…. 담천의 글을 읽으니, 토함산 석굴암 부처님의 항마촉지인이 떠오르외다.

　한 해 숨가쁘게 달려왔으니, 이제 숨을 고르며 자전거 타고 동네 한 바퀴 돌아보시구료. 겨울 바람이 참 시원하외다. 그렇지 않아도 담천에게 건네주려고, 오늘 솟대를 깎았는데 일간 만나면 전해 주리다. 나무를 깎고 있는 순간, 나에게는 무념무상의 시간이라오. 자주 놀러와 함께 마음을 돌아볼 수 있는 글 주시구료.

－ 2004. 12. 16

온달 장순길

＊

또 한 해가 가고 있습니다. 매번 느끼는 감정이 똑같지는 않습니다. 예전에 보던 세속의 흥청거림도, 그 흥청거림에 짜증이 나던 일도 그저 옛일입니다. 한통의 편지를 받았습니다. 고운 글씨에 우표까지, 오랜만에 보는 사제 민간인 편지입니다.

매년 아내와 아들, 딸아이에게 보내 주던 연말 편지를 올해는 깜박 잊고 있었습니다. 옛 직장의 동료들에게서 전화가 왔습니다. 모여서 회포나 풀자고. 흔쾌히 그러겠노라고 말했지만 맘속에 부담이 느껴집니다. 일이 바쁘기도 하거니와 술에 절어 망가질 몸이 걱정됩니다. 이제 어지간히 나이도 먹은 모양입니다.

올 한 해 제 개인적으로는 무척이나 바쁜 나날이었습니다. 이제 숨을 조금은, 조금은 고르고 싶어집니다. 누구처럼 자전거를 타고 읍내를 하루 종일 돌아다니고 싶어집니다.

– 2004. 12. 16

12월 이즈음에

　12월 요맘때 동인천 뒷골목, 술에 취해 길바닥에 누워 버린 친구 녀석 때문에 택시비를 꿔야 했던 동인천 마끄도나르도 앞 언저리 어디엔가 있던 레코드 가게에는 캐럴송이 울려 퍼지고 있었어. 애새끼가 나이 스물일곱에 장가를 쳐 가서는 마누라와 싸우는 날이면 신입사원이라 정신없는 나를 밤마다 불러내서는 꽐라가 되도록 퍼마셨지. 엄마는 퇴근 후 밥상머리에서 늘 그랬어.

　"너 장가가야지…."

　그런데 녀석은 그날 밤이면 꼭 그랬어.

　"넌 장가가지 마라…."

　내 애를 갖고 싶다던 구례 가시네에게 굳이 아름다운 오누이 어쩌고하며 여린 가슴을 칼로 그어 버린 그날도 동인천에선 캐럴송이 들렸어. 아마도 녀석은 그랬겠지.

　"넌 장가가지 마라…."

　언젠가부터 캐럴송이 지겨워진 건 내가 빨리 늙는 주술에 걸리고 나서였어. 그러니 가끔 뵙는 집안 어르신이 나를 못 알아보고는 그러셨지.

"넌 그새 왜 이렇게 늙었니…."

그러고는 그 캐럴송인가 뭔가 까마득히 잊고 살다가, 누군가 보내 준 캐럴 영상 때문에 좀 그러네. 캐럴송이 울리던 그 거리들이 그리워지니 말이야. 나이 때문이겠지만 또 알아? 내가 회춘하고 있는 건지. 주안 촛불다방이 아직 있으려나….

다시 한 해의 끝자락에…

다시 한 해를 마무리하고 있습니다. 못 받은 돈 받고, 못 갚은 돈 갚고, 책상 구석에 밀어 두었던 보고서들, 서류들 꼼꼼히 다시 챙겨 읽었습니다. 오래된 문서도 4등분해 휴지통에 미련 없이 버렸습니다. 여기저기 미뤄 둔 밥 소주 말아 먹고 다니고 한 해 마무리 잘하라고 덕담도 열심히 하는 중입니다.

까칠이 아들 녀석은 이 추운 겨울날에 밤마다 축구 중입니다. 메시 버금가는 축구선수가 되려거나 맺힌 거 풀고 있거나 둘 중 하나겠지요. 녀석은 늘 세상과 전쟁 중이지만 별로 걱정은 안 합니다. 절 닮지는 않아서 생각은 하고 사니 말입니다.

공주병 딸내미 방에 힘들게 못박아 걸어준 시계자리에 시계는 오간 데 없고 명수 대형사진이 걸렸습니다. 박명수 말고 인피니트 명수 말입니다. 아빠보다야 더 사랑하겠냐마는 뭐가 그리 좋은가 모르겠습니다. 그래도 별로 걱정 안 합니다. 절 닮아 생각 없이 대충대충이니 일편단심이야 하겠습니까.

사랑하는 아내는 다시 병이 도졌습니다. 책상 위에 처세술 책들이 한 권 두 권 다시 느는 걸 보면, 그놈의 사람 공부는 끝도 없어

보입니다. 늘 하는 말이지만 도대체 사람에 관한 공부를 책상에서
하고 있으니 알다가도 모르겠습니다.

　오랜만에 학생들 북적이는 팬시점에 들러야겠습니다. 로고 박힌
회사 노트 말고 쌈빡한 사제 노트 한 권 사야겠습니다. 병신년 보
내고 2017 정유년 기념입니다. 근데 정유년, 참 어감 안좋습니다.

- 2016. 12. 16

대한민국 오십삼 살이다

여전히, 한 해를 마무리하기 위해 사람도 만나고 서류도 정리하고 병원도 다니고 있습니다. 아내는 김장을 하고는 홀로 마음을 다스리는 중입니다. 여전히 까칠한 아들 녀석이 저로 인해 마음을 다스려야 하는 엄마의 마음을 헤아리는지는 알 수 없습니다. 저 또한 그 나이에 애미의 마음을 살피지 못했으니까요. 다만, 밤마다 시청 운동장에서 공을 차는 녀석이 스스로 다스려야 하는 마음속 짐이 어떤 것인지는 제가 잘 압니다. 그렇게 대물림되는 것이겠지요.

늘 태평성대인 공주병 딸아이의 일상에도 변화가 느껴집니다. 철통 보안 습작 노트는 언제부턴가 아무렇게나 돌아다니고 그나마 찔끔 하던 운동도 독서도 물론 공부도 뒷전입니다. 사람의 살아감에 대하여 저보다 더 전문가라서 아예 훈육, 그런 건 포기한 지 오래입니다.

*

병신년 한 해 힘들었지만 늘 그렇듯, 12월 끝 무렵에 다시 마음이 차분해집니다. 생각해 보니 2012년 봄날이었습니다.

"당신은 죽기 전에 한번은 보고 싶은 사람 있어?"

〈건축학개론〉 때문이었지만, 아내의 그 한마디로 인해 잊고 살았던 옛사람과 옛 편지와 그리고 그 먼 기억들이 어떻게 이토록 또렷한지 새삼 놀랐고, 어떻게 그 긴 세월 고스란히 잊고 살았나 놀랐습니다. 50대 초반에 느끼는 아련함…. 다시 또 정리 중입니다.

*

아직 정유년 쌈박한 사제 노트 사지 못했습니다. 오늘쯤 아가씨들 북적이는 시내에 나가 볼 참인데 딸아이 것도 함께 사면 아이가 좋아라 할는지 모르겠습니다.

*

오늘 문득, 멈춰진 프로필에 한 줄 추가했습니다.

38살, 배가 나오기 시작했다. 가끔 애 뱄냐고 아내가 그런다.

40살, 나도 40대가 되었다.

44살, 머리 빠지고 배 나오고, 담배와 술은 아직도 친구다.

46살, 내 아비를 잃었다.

47살, 내 며느리는 좀 예뻤으면 좋겠다고 아내한테 그러면 웃는다. 정작 아들 녀석은 여자한테 관심 없는 투다.

51살, 30년 동반자 담배와 헤어지다.

…

53살, 대한민국 오십삼 살이다.

− 2016. 12. 23

천 일 동안

993일 전인 2014년 4월 9일, 녀석은 세월의 쌍둥이인 오하마나를 타고 맹골도를 지났다. 원래 예정되어 있던 16일이 아니었던 건, 교장 선생님이 일정이 겹친 김홍도학교에 일자를 양보했기 때문이었다고 했다. 학생들은 교장 선생님이 가위바위보 중 주먹을 냈기 때문이었다고도 했다.

그러나 일주일 후 녀석이 지났던 맹골도를 홍도의 아이들은 끝내 건너지 못했다. 일천 일이 지난 오늘, 새파란 심장을 갖고도 녀석의 숨소리는 늘 거칠다. 250, 아니 304의 심장이 얹혀진 때문이다. 천 일이 흘러도 아이들은 늘 2학년이고 녀석의 숨은 늘 거칠며 그래서 아픈 건 늘 우리 몫이다. 천 일 동안….

- 2017. 1. 9

위로가 필요한 나이가 되었나 보다

A가 술 취해 밤늦게 들어오는 날이면 난 가끔 교련복을 입은 채 학교의 새벽담을 넘어야 했다.

"세상이 얼마나 엉망진창인지 네가 알기나 해?"

A가 게거품을 물고 말하던 대로 세상은 정상이 아니어서 난 치열한 삶을 살 수밖에 없었다. 아이에게 내가 그랬다.

"내가 살아 보니 세상은 엉망진창이던데 네가 그걸 알기나 해?"

아이는 내 말에 그랬다.

"세상이 꼭 그런 건 아니라고 봐, 난. 그리고 이건 내 인생이잖아."

오랜 지기로부터 긴 문자 덕담이 왔다.

"새해엔 온전히 희망만을 담은 너의 글 보고 싶다."

언젠가 그가 그랬다.

"아이는 키우는 게 아니라 크는 거야."

희망을 담을 수 없는 난 갈 길도 그 목표도 잃었다. 이제 위로가 필요한 나이가 되었나 보다. 쓰담쓰담.

구게 뭐라고요

아사코가 누구야?

카톡 프사를 보고는 아들 녀석에게서 톡이 왔습니다.

"아사코가 누구야?"

「아침에 태어나 아사코라 지었다 한다…. 아사코와 나는 세 번 만났다. 세 번째는 목례만 한 채 그렇게 헤어졌다.」

그 아사코를 모르느냐고 하려다가 그만두었습니다. 녀석은 6년 전에도 몰랐고 지금도 모릅니다.

"어, 사진 속 그 소녀."

아사코를 안다고 삶이 달라지거나 하는 건 아닐 겁니다. 아사코 말고도 다른 것들을 알아서 읽고, 알아서 느낄 테지요. 저와는 또 다른 시선으로 말입니다. 일상이 흘러 삶이란 그런 것 일테니까요.

- 2017. 4. 6

구게 모얌…

뉴스를 보다가 독서실에 앉아 있는 딸내미에게 아사코 아는지 물었더니 답이 왔네요. 아사코를 모른다고 인생이 달라지는 것도 아니고 반드시 알아야 하는 것도 아니겠지요. 건이 경이를 알던 모르던, 그 옛날 교과서 수필이 지금 교과서에도 나와야 하는 것도 아니니 말입니다.

얼마 전 양평 소나기마을에 다녀왔습니다. 딸아이가 왜 소나기마을인지 모른다고. 뭐 꼭 중요한 일이겠습니까?

"구게 모얌…?"

그래도 뭔가 허전해집니다. 아날로그 인생이 겪는 이 쓸데없는 허전함의 정체는⋯ 별거 아님 뭐 말고요. 그게 뭐라고요. 키득키득, 구게 모람.

– 2018. 5. 23

그날들의 꿈

A와 B, 꿈을 묻다

사진 찍는 걸 싫어하는 B의 뒷모습 사진 한 장이 톡으로 배달되어 왔습니다.

"잘생긴 얼굴도 담아 주셔."

내 말에 시니컬 웃는 이모티콘 달랑 하나 추가 배달입니다. 십원 한 푼 보태지도 않고 내가 번 돈으로 가출(?)한 B가 누구를 만나고 무엇을 보고 무슨 생각을 하는지 알 수 없으나, 세상이 생각했

던 것보다는 넓겠거니는 하겠습니다.

A의 빛바랜 사진 두 장 제 손에 들려 있습니다. A를 포함해 사진 속 삼사십 대의 젊은 얼굴들 몇몇이 칠순이 훌쩍 넘은 백발의 얼굴로 다시 만나 나란히 서서 찍은 사진. 이렇게 두 장입니다. 문득 보고 싶다 말하던 오랜 벗들을 언젠가 만난 모양입니다.

같은 사람들의 다른 얼굴과 풍경. A는 그렇게 인생을 정리했겠지요. 괜히 울컥해집니다.

A, 그 꿈을 정리하고 기록하다

아무 일도 일어나지 않았는데도 뭔가를 정리해야 할 그때라고 생각이 들면⋯. 먼저 사람이었던 게지요. 보고 싶다, 저는 무심코 듣고 무심히 흘렸는데 말입니다. 그날들의 꿈⋯.

B, 다시 그 꿈에 대한 이야기

B가, 부산에서 왔다는 형이라는 남자와 미국인 알렉스 그리고 일본인 이사무와 동행 중입니다. 말로는 살아감 그런 것에 관한 대화를 했다는데 전 불안해집니다. 온통 아날로그인 인생이 디지털로 무장한 피 끓는 젊음을 이해하지 못하는 탓입니다. B가 던진 삶에 대한 이야기⋯. 제겐 너무 어렵습니다. 이제 제가 그 B를, 얘기해야겠습니다.

다시 갑동, A 앞에서

종이컵에 처음처럼 한 잔 따라 놓고는 A 앞에서 전 클라우드 캔하나 마셨습니다. 뭐 별 대화는 안 했습니다. 원래 데면데면한 걸

요. 그 속이나 내 속이나 말해야 아는 것도 아니고요. 연초부터 찾아와 꺼억꺼억 괜히 그랬다 싶었습니다.

그래도 괜히 서글퍼집니다. 추적추적 내리는 비 때문이지 싶습니다. 보통은 이맘때면 사람들이 줄줄인데 비가 오니 몇 사람 없습니다. 멀리 갑동의 산자락 뿌연 안개 때문에 눈도 흐릿하고 오늘따라 A도 말이 없습니다. 클라우드 하나 더 사 올걸 그랬습니다.

– 2017. 10. 1. 16:30

고럼 고럼

공주병 딸내미, 12시가 넘어야 집에 돌아옵니다. 어쩌다 술에 안 절어 맨정신인 날에는 버스가 서는 아파트 정문 앞에서 무거운 가방을 넘겨받고는 괜히 친한 척 웃어 줍니다. 무서운 세상이어서 하고 싶은 말이 있지만 차마 입에 담기조차 버거워서 대신 그럽니다.

"친구가 참 좋지? 그래도 나쁜 친구 말고 좋은 친구 만들어."

"고럼 고럼."

딸아이의 대답은 언제나 고럼 고럼입니다.

"근데 아빠. 도대체 난 왜 머리가 나쁜 거야?"

"엄마 아빠 누굴 닮은 거냐고? 너? 다리 밑에서 주워 왔잖아."

"아하… 고럼 고럼."

"(인피니트) 명수는 잘 있어?"

"명수? 아빠, 난 성열인데…."

아하… 고럼 고럼.

뭐든 처음은 처음처럼

술에 곯아떨어졌다가 새벽에 깨어 냉장고에서 물을 꺼내 컵에 따르는데 식탁 위로 어젯밤에 미처 보지 못한 아들 녀석 신규 운전면허증과 딸아이의 신규 주민등록증이 나란히 올려져 있습니다. 뭐든 처음은 처음처럼(?) 신기합니다. 세월 따라 알아서들 나이도 먹고 알아서 커 가고 있습니다. 지금껏 그렇지만 앞으로도 알아서 제멋대로들 잘 살아가겠지요.

아들 녀석 며칠 후면 집 떠나 국방부에서 월급 받으며 얼굴 보기 힘들 텐데 이미 얼굴 본 지 좀 되었습니다. 절 닮아서 반듯함, 성실함 이런 것과는 담쌓고 살지만 그래도 알아서 잘 헤쳐 나갈 겁니다. 딸아이요? 뭐 어쩌겠습니까. 절 닮은 모양인 걸요.

*

다시 K가 다녀갔습니다. 뭔가 일을 준비하고 있다는데 자세히 묻지 않았습니다. 술을 끊었다는데 역시 자세히 묻지 않았습니다. 얼굴은 평온해 보입니다. 지금껏 그랬듯 앞으로도 제멋대로 잘 살아갈 겁니다.

　눈이 아파 책같은 거 못 읽는다고 했는데도 굳이 책 한 권 손에 쥐어 주고 갔습니다. 제목은『열한 계단』입니다. 버릇은 못 고치는 모양입니다. 문득, 명절 때면 늘 백화수복 한 병 사 들고 오던 P가 생각납니다.

− 2018. 3. 17

비가 내립니다

비 오는 동인천 커피숍에 앉아 사람을 기다려 본 게 얼마 만일까요? 술 취해 길바닥에 드러누운 친구 녀석 때문에 택시비를 빌렸던 레코드가게 자리엔 배스킨라빈스가 있습니다. 커피숍 맞은편에 보이는 피자헛은 길 건너로 옮긴 모양입니다. 그러고 보니 그 건물 2층에 석화가 있었습니다. 그곳에서 여자가 그랬지요. 사랑하지 않으면서 왜….

그 옆에 우리은행은 당연히 당시엔 상업은행이었겠지요. 역쪽 왼쪽 밑으로 하나은행 자리는 산업은행이었을까요. 흔적이 없어 감감하네요. 그 옆으로 지금은 없어진 크라운베이커리는 오랫동안 그 자리에 있었습니다. 같이 앉아 빵 먹던 중학 시절을 기억 못 하는 장모시기 때문에 가끔은 섭섭하지만 뭐 어쩌겠습니까. 늘 나만 기억하는걸요….

크라운베이커리 맞은편 건물 2층에 다방이 있었습니다. 고1 때 삼촌이 데려가 줘서 처음 가 본 다방에 레지 아가씨 참 예뻤던 게 기억납니다. 지금 이 커피숍에 저만 있습니다. 통째로 전세 냈네요. 키득키득….

- 2018. 5. 6

나처럼 그러려나…, B 그리고 A

B의 전화를 놓치고는

씩씩한 척하지만, 얼굴은 온통 잿빛이다. 사열대를 향해 뒤돌아 멀어지는 B의 뒷모습을 바라보다 문득 A가 생각났다. 그해, A도 나처럼 그랬으려나…. A가 눈감던 날, 그녀는 그랬다지.

"거 가서 매실 따야 하는데 어쩌누…. 어쩌누…."

봄날이라곤 하지만 주인 없는 그녀의 빈방은 차갑다. 온기 한 점 없는 휑한 방의 보일러를 켜고는 다시 누워 천장을 바라본다. 전화를 받지 않는 그녀의 오랜 버릇 때문에 B의 전화를 놓치고는 그녀는 그랬으려나.

"거 가서 매실 따야 하는데 어쩌누…. 어쩌누…."

늘 J가 생각나는 부산역 앞 허름한 충무김밥집에 앉아 된장국 한 수저 뜨다 말고, 고개를 떨구고는 이내 눈물을 찍어 내던 B의 애미도 어쩌누, 어쩌누… 그런다. 여전히 익숙치 않은 그녀 빈방 천장의 때 묻은 얼룩을 누워 바라보다가, 잠이 들면, 이내 잠이 들면… B도 나처럼 그러려나….

– 2018. 4. 6

그해, 부산… B 그리고 A

아무 연고도 없는 부산에 배치된 이유야 알 수 없으나 B 덕분에
부산에 ○○사단이 있다는 쓸데없는 사실을 알게 되었다.

"군대 생활 껌이지, 뭐…. 걱정 마."

그렇게 말했지만 B의 표정은 온통 긴장되어 차라리 슬펐다. 사열
대를 향해 뒤돌아서 멀어지는 B의 뒷모습을 바라보며 난 A를 떠올
렸다. 서울행 KTX를 기다리며 들어간 부산역 앞 충무김밥집에서
하루 종일 씩씩하던 아내가 먹는 둥 마는 둥…. 숟가락을 내려놓더
니 이내 운다. 아내 때문에 동인천역에서 가족과 헤어지던 내 입대
날이 디테일로 떠올랐다. "군 생활 암껏도 아니다. 잘하고 와!"라
고 말하며 씩씩하던 어머니 옆에서 그날 A는 울었다.

부산지사는 학장동의 공장 지역에 있었다. 지사 방문 시 나의 주
된 임무는 감사 업무였다. 서류도 뒤지고 창고도 뒤지고 직원들 머
릿속도 뒤졌다. 감사 와중에도 학장동에서는 난 늘 A를 생각했다.
지사 정문은 A가 찾아왔던 그해 겨울날의 시계공장 정문과 별반 다
르지 않았다.

- 2018. 4. 8

부산에 그날처럼 비가 내립니다

훈련소 수료식을 마친 B를 다시 부대로 들여보내고 저는 부산역 앞에 서 있습니다. 지난번과 달리 마음의 여유가 생긴 B의 애미 덕분에 저 또한 잠시나마 딴생각하는 여유가 생겼습니다. 여기서 학장동 공장지대가 얼마나 걸렸었는지 먼 옛적을 가늠키 어렵습니다.

긴 언덕이 있던 그날의 부산역과는 다른 모습이지만 역 앞에 서니, 개찰구를 통과하던 A의 뒷모습도, 언덕 위에서 걸어 내려오며 환하게 웃던 J도 떠오릅니다. 밥 잘 챙겨 먹어라…. 재하가 죽었어요…. 무엇이고 기억나지 않는 게 있을까요.

5주 전에 눈물을 쏟아 내던 B의 애미가 부산역 대합실 창밖을 보며 상념에 젖어 있습니다. 부대 철문 안에서 손을 흔들며 애써 웃는 B는 비 오는 오늘, 지 애미와 애비를 어떤 모습으로 기억할는지요. 오늘 부산에 비가 내립니다.

또 비가 내립니다

바뀐 핸드폰에 적응하려고 노력 중입니다. 나이를 먹으니 노력한다고 되는 게 아닌 게 왜 이리 많을까요…? 요즘 젊은이들이 쓰는 보고서에 용어도 잘 모르겠어서 대충대충 읽었습니다. 눈도 아파서 글씨도 잘 안 보입니다.

머리가 아파 잠시 커피 한 잔 들고 창가에 서 있습니다. 추적추적… 비가 오래도 옵니다. 누군가 톡으로 보내 준 사진 한 장의 여자 얼굴이 낯설어 마음이 무겁습니다. 언젠가 사랑하는 아내가 그랬지요. 자꾸 과거와 현재를 넘나들면 사이코가 될지 모른다고…. 사실 옛날을 생각할 여유가 없어서 오랜 시간 잊고 있었을 뿐 아예 지우고야 살았을까요. 자꾸만 옛날에 옛날이 또렷이 떠오르는 건, 나이가 먹어서 이거나 지은 죄가 많아서 둘 중 하나겠지요.

비가 계속해서 내립니다. 문득, 옆집 살던 선배였던 현구 형과 동기였던 미영이네 중간 집에 살던 한 살 많던 그 형 이름이 생각나지 않는 게 신기합니다. 지금 비가 퍼붓고 있습니다.

내 인생도 아닌 걸요

　어찌어찌 하다 보면 안 될 것 같은 것에도 다 적응하나 봅니다. 바뀐 핸드폰이 이제 특별히 불편한 게 없습니다. 모르던 것을 다 터득한 게 아니라 모르는 건 아예 모른 체하고 아는 것만 골라 다 안다 생각하는 것이겠지요. 천성이 게으른 탓이겠지만, 뭐 그래도 살아가는 데 불편한 건 별로 없습니다.

*

　부산 ○○사단에 있는 아들 녀석, 전화 와서는 왜 이리 시간이 안 가는지 모르겠다고 투덜거립니다. 하루 종일 다대포 앞에서 감시카메라 모니터만 보고 있다는데, 나 때 군대는 어쩌고 하려다가 그만두었습니다. 못 알아들을 테지만 그보다는 내 인생도 아닌 걸 어쩌고 해 봐야 뭐 하겠습니까.

*

K가 다시 다녀갔습니다. 바다 건너 멀리 어디쯤 다녀왔다는데 그곳 뿔 달린 사람들과 기괴망측한 건물과 도로와 지구가 아닐 것 같은 깊은 숲과 나무를 장황하게 얘기합니다. 궁금한 건 인터넷에 다 있는데 한 귀로 듣고 한 귀로 흘렸습니다. 늘 그렇듯 책 한 권 또 놓고 갔습니다. 눈이 침침해 책 같은 거 안 본다고 했는데도 말입니다. 주고 싶으면 앞으론 책 말고 돈으로 달라 했습니다.

*

살 빼서 신나는 거 빼고 아내는 여전히 사람 공부가 덜 되어서 그다지 행복하진 않습니다.

"○○ 엄마, ××엄마 그랬다니까…. 웃기지 않아?"

"그 여자 어떻게 그럴 수 있어. 말이 되냐구!"

한 귀로 듣고 한 귀로는 열심히 흘리는 중이지만 고럼 고럼 맞장구도 열심히 쳐 주고 있습니다. 내가 형식적으로 그런다는 걸 알 텐데도 늘 답을 구하는 거 보면 참 신기합니다. 늘 그렇지만 책상 위의 처세술 책으로 사람 공부를 하고 있으니 저로선 이해하기 힘들지만, 뭐 어쩌겠습니까. 내 인생도 아닌 걸요.

두 여자, 두 남자… 그날의 동화

"3달만 더 사셨으면 좋겠다."

날 배웅하는 병원 엘리베이터 안에서 남자는 그랬다. 남자의 엄마인 여자는 일주일 후 세상을 등졌다. 늘 사고 치는 아들 옆에 듬직한 친구가 있다며 늘 같이 사고 치던 내 손을 꽉 진 여자의 손은 늘 따듯했었다.

근 십여 년 만에 남자가 나와 함께 여자의 집을 방문했다. 여자는 아주아주 오래된 아들의 친구 손을 잡고는 반가워했고, 남자는 따듯한 그 손을 잡고는 하얗게 내려앉은 여자의 머리를 쳐다본다.

집 근처 식당에 둘러앉아 여자는 상기된 표정으로 옛이야기를 한다. 흥분된 목소리로 여자가 얼마나 기분 좋은지 알겠다. 여자를 쳐다보며 남자는 보고 싶은 누군가를 생각할 테다. 늘 그렇듯….

식사 중간에 밥값을 먼저 계산한 남자에게 여자는 미안하다.

"넌 손님이 계산하게 하니? 네가 해야지."

"내 손님 아니고 엄마 손님이거든. 왜 나테 그러슈?"

한바탕 웃고는 오래돼 익숙한 옛길을 잠시 걸었다. 여자의 진심과 남자의 진심, 여자가 생각하는 고마움과 남자의 감사함. 여자는 남자 때문에 어린 나와 젊었을 자신의 봄날과 겨울날을 생각하고, 남자는 여자 때문에 누군가를 보고 싶은 마음이 더 간절해졌다. 할 말은 아니지만, 언젠간 여자도 이렇게 보고 싶게 되겠지. 남자처럼….

– 2018. 9. 1

갈적마다 언제나 따듯한 손으로 맞아주시던

고 이종순엄마를 추모합니다.

술 한잔 사 주실래요?

"그때 무슨 일이 있었는데? 얘기하는 걔가 걔야…?"

온전히 벗이라 부르는 아주아주 오래된 친구 녀석과 오랜만에 마주 앉았습니다. 어쩌고저쩌고…. 30년도 더 휠 지난 옛이야기를 하다가 순간 울컥했습니다. 고딩 이후로 한 번도 떨어져 있던 적 없는 친구인데 생각해 보니 80년대 중반 1년 반 정도의 시간 속에 내가 어떻게 살았는지 녀석은 당연히 모릅니다.

젊은 날의 지난 일들을 다 잊고 살아오다가 50줄을 넘기고서야 나는 쓰고 녀석은 묻고 나는 다시 대답합니다. 집 안 숟가락 숫자도 다아는 처지에 이런 이야기를 지금 하고 있는 게 새삼 신기했습니다. 뭐 하나도 중요한 건 아니지만, 어제 일을 자꾸만 잊어버리는 데도 수십 년 전 일들이 점점 더 또렷해지는 건 나이 먹고 있기 때문일는지요.

며칠 전 부산 여행길에 다대포 건물 앞에서 군바리 아들 녀석 잠깐 면회를 하고는, 잠시 시 간내 부산역과 학장동을 둘러보았습니다. 부산에 있는 아들 녀석 지금 나이가 부산 학장동의 그날 내 나이와 같다는 게 또 신기합니다.

저는… 다시 한 해를 보내며 정신이 아득해집니다. 누구 술 한잔 사 주실래요?

– 2018. 12. 27

*

1.5살짜리 딸아이를 아내에게 맡기고 이삿짐차 보조석에 앉아 처음으로 인천을 떠나던 날, 이삿짐차 앞으로 아파트 앞 횡단보도를 가로질러 걸어가는 옆집 노부부에게 인사 못 한 게 마음에 걸렸습니다.

사는 게 어디든 다르지 않겠으나 내 집이 처음으로 인천을 벗어난다 생각하니 기분이 왠지 착잡했었습니다. 월급 대신 받은 그룹사 백화점 상품권을 서로 사 주겠다고 했던 IMF 시절 이 동네의 이웃들도 추억으로 그렇게 그렇게 남으리라 생각했지요. 그 후로도 타지를 이곳저곳 떠돌고, 그때마다 아내는 짐으로 더러워진 마루를 걸레질하다 말고 그랬습니다.

"우리 ○번째 이사네."

그러다 언제부턴가 아내가 이사 횟수 헤아리는 걸 멈춘 건 부질없다 생각했거나 그 횟수를 잊었거나이겠지요. 그러고 보니 일 때문에, 돈 때문에, 아이들 때문에, 그거 아니고도 참 많이도 이사 다녔습니다. 그때마다 내 아비는 속으로만 늘 서운해하셨지요.

얼마 있지 않아 얼추 20여 년 만에 다시 인천 시민이 됩니다. 어느산 자락 밑에 누워 계신 내 아비 꿈을 두 번이나 꾼 오늘, 마음이 아득해집니다. 누구… 술 한잔 사 주실래요?

- 2019. 1. 7

뭐, 아님 말고요

　내리는 눈을 보며 2통의 편지를 썼습니다. 생각해 보니 손편지가 얼마 만인지 모르겠습니다. 우표까지 침 발라 붙여 본다면 꽤나 오랜만이겠지요. 한 통은 녀석 말대로 해서 다대포 감방에 있는 까칠이 아들에게 잘 전달될 겁니다. 다른 한 통은 아마도 반송되어 오지 싶습니다. 죽은 유재하가 편지를 온전히 받아 보지 못할 테니요.

　나보다 1년 먼저 제대한 유재하가 내게 보낸 몇 통의 편지에도 전 한 번도 답장을 못 했습니다. 아껴 두었다 얼굴 보고 할 얘기가 많았거든요. 제대하던 날 기차를 내린 서울역 광장에서 짜장면을 먹는 대신에 대구로 전화했습니다. 공중전화기 넘어 서울대생 그의 동생이 그러더군요.

　"재하 형 죽었어요."

　언젠가 한번은 편지를 써야겠다 했는데 그게 이제입니다. 내가 어둡다며 나보다 더 어둡던 그가 준 '담천(曇天)'이란 이름을 쓰면서도 오랫동안 그를 잊고 지낸 건 아마도 먹고살기 힘들었거나 쿨하거나 둘 중 하나일 겁니다. 하기야 잊고 지낸 게 재하뿐이겠는지요.

　24년 만에 만난 산곡초등학교 출신 그녀가 걸러 내 숙성되고 있
는 막걸리는 언젠간 마실 수 있게 되겠지요. 39년 만에 만났던 초
등 동창이자 중딩 동창 선ㅇ이한테 맨날 초 딩때 얘기만 하다가 중
학교 강ㅇ주 선생님의 비밀을 아직 얘기 안 한 게 생각납니다. 졸
업식 날 보고 36년 만에 모임서 만난 고딩 개똥이 녀석이 얼마나
친했었는지 생각하니 새삼 아득합니다. 초등 동창 몇이 찾아 달라
한, 잊고 지낸 후선이는 나부터 보고 싶은 걸요.

　그나저나 아들 녀석 내가 쓴 손편지에 감동 같은 거야 안 하겠지
만 기분은 좋을라나요. 옛적엔 편지 좀 썼는데…. 녀석이 별 감흥
없으면…. 음~ 뭐, 아님 말고요. 그게 뭐라고요.

- 2019. 2. 15

행복해질는지요

2월에 재하에게 쓴 편지는 끝끝내 보내지 못했습니다. 게을러 우표도 붙이지 못한 데다가, 30년 전 주소에 아무도 없을 텐데도 혹시나 가족들이 아직도 살고 있다면 괜한 기억 떠오르게 불편 줄까 싶어서 망설여졌습니다. 그 옛날 답장 못 한 서러움에 제 맘 편하자 한 것이니 보내는 게 무슨 의미가 있을는지요.

*

4월이 다시 왔으므로 저도 다시 걷고 있습니다. 잠시 나왔다가 그제 복귀한, 오하마나호를 탔던 아들 녀석 대신해서 41,600미터까지만 말입니다. 그러고는 어김없이 찾아올 5월에는 행복해질는지요.

– 2019. 4

언젠가도 이런 날은 있었습니다

B의 계획을 들었습니다. 저질러 놓고 사후 통보인 줄 알지만 잠자코 들어 주었습니다. 하고 싶은 대로 해…, 내가 한 내 말이 맘에 듭니다. 언젠가도 이런 날은 있었지요.

"1년 동안 버텨 줘서 고맙다."

"너로 인해 안 해도 될 인내를 배웠다."

누구 말이 떠오릅니다. 사실은 속 깊은 B의 겪어 보지 못한 삶이 다시금 궁금해집니다.

＊

언젠가도 이런 날은 있었습니다. 서류에 도장을 찍고 목례를 하고는 무덤덤히 돌아서는 S의 손을 잡았습니다. 차가운 손과 달리 S의 마음이 얼마나 따뜻한지 잘 압니다. 이 도장으로 인해 제가 얼마나 많은 하찮은 것들을 해결했는지 S는 모를 겁니다.

＊

막걸리 한잔해야지. 녀석은 내 집 앞 어린이 놀이터 그네에 앉아 있습니다. 언젠가도 이런 날은 있었습니다. 많이도 늙었구나. 이런 생각 말입니다. 마신 건 빨강 두꺼비입니다. 내가 흥신소 직원도 아닌데 사람을 찾아 달랍니다. 핑계 김에 내가 찾아야 할 이유가 생겼습니다. 27살 회사 말단 신입이었던 그해 겨울 말에 전화기를 두 대나 붙들고 땀을 찔찔 흘리던 그날, 하늘 같던 부장 자리로 연결된 전화기 속 그녀가 그랬습니다. 나 엄마 돌아가셨어…. 언젠가도 이런 날은 있었습니다.

막걸리 한잔해야지

막걸리 한잔해야지…. 막상 만나게 되면 쉰 깍두기에 쓴 쐬주 한 잔입니다. 그러고는 세상 돌아가는 얘기하다가 막걸리는 잊어버립니다. 술로 인생을 마감한 심온이 그랬다지요. 막갈리는 술이 아니라 밥이라고….

오늘은 막걸리 마시는 중입니다. 늘 문자로 '막걸리 한잔해야지.' 하는 녀석과 두꺼비가 아니라 막걸리 마시기는 참~ 오랜만입니다. 여기서는 고향술 소성주는 보기 힘들어서 중수가 청와대서 마셨다는 배다리막걸리 마시는 중입니다.

"찾았어?"

성질도 급합니다. 사람, 그것도 나이 많은 여자 사람을 찾는 게 쉬운 게 아닌데 말입니다. 물었습니다.

"만나서 뭐 할 건데…?"

"너랑 셋이 막거리 한잔해야지…."

녀석 빼고는 20대 초반의 인연들을 만나지 않은 지 좀 되었습니다. 견뎌 내기 쉽지 않던 세월, 빨리 지나가길 바랐던 시절이라 아예 잊으려 노력했지요. 시절과는 화해했지만 사람을 다시 만나는 일은 쉽지 않습니다.

　27살 회사 말단 신입이었던 그해 겨울 말에 전화기를 두 대나 붙들고 땀을 찔찔 흘리던 그날, 하늘 같던 부장 자리로 연결된 전화기 속 그녀가 그랬습니다. 나 엄마 돌아가셨어….

　녀석에게 차마 말하지 못한 그날이 디테일로 떠올랐습니다. 이제 만나 뭐 할 게 있겠습니까. 딱 한 번 셋이 앉아 막걸리 한잔하는 거 말고요. 인ㅇ여고 졸업한 전ㅇ희 여자 사람 찾습니다.

- 2019. 10. 24. 가을날

또 한 해가 저물어 갑니다

버릇처럼 건강검진을 받았고 비즈니스에 차질 없도록 몇 개의 송년회를 마쳤습니다. 서랍 속에 쓸데없는 서류 뭉치들 4등분해 쓰레기통에 넣었습니다. 책상 위 몇 가지 보고서를 챙겨 보다가 그냥 밀어 버렸습니다. 그러고 보니 뭘 하고 한 해를 보냈는지 모르겠다는 생각이 듭니다.

인ㅇ여고 졸업한 전모시기 여자 사람은 아직도 찾지 못했습니다. 뭐 중요한 일이라고 마음이 급해지는지 모를 일입니다. 연말에 "10년에 한 번씩만 기억해 주면 안 잡아먹지." 하던 구례 가시네는 잘 살아갈 겁니다. 이제 다시 10년 후에나 기억해야겠지요.

올해 안에 J를 만나려 합니다. 12월 이맘때만 되면, 삽질만 해댄 통에 고스란히 남아 있는 일 년치 각종 교탄을 들고 산 중턱 거대한 쓰레기장에 함께 올랐고, 군단 저격수보다도 많은 수의 M16 실탄을 같이 쏘아 대던 게 늘 생각납니다. "세상은 온통 가짜다."라고 입버릇처럼 말하던 그 말을 J도 기억할는지요.

사랑하는 아내는 여전히 책으로 사람 공부 중이고, 딸아이는 난생처음 음식점에서 알바를 하고 있습니다. 호치킨 간이의자에서 포장을 기다리다 마주 앉은 내게 그럽니다.

"주문음식을 식탁에 올려놓으면 손님이 고맙다고 나한테 인사할 때 감동이었어. 아빠, 이런 느낌 처음이야."

처음으로 해 보는 일이니 그럴 수도 있겠다 싶지만, 그 예쁜 마음을 저로선 다는 이해할 수 없습니다. 군복을 벗고 사제 민간인이 된 아들 녀석과는 따로 송년회했습니다. 굳이 겪어 보지 못한 삶을 가 보려는 녀석에게 83, 84, 85년의 젊은 나를 조금은 포장해서 얘기하고, 살아감 그런 것에 관하여 얘기 나눴습니다.

누군가 건네준 환타 때문에 생각났던 그해, 그 공장을 녀석에게 말하고는 저도 아련해졌습니다. 굳이 잔에 따라 오란씨를 쭈뼛쭈뼛 건네고는 수줍게 돌아서던 나이 어린 여자아이의 가녀린 잿빛 어깨와 함께, 공장 정문에서 사무실 직원 3~4명이 집으로 가는 아주머니들의 가방을 뒤지던 모습이 아무렇지 않은 일상이었던 퇴근 풍경을 보며 신기해하는 나에게 그때 그가 그랬던 게 생각납니다. 저건 그들에겐 편한 일상일 뿐이라고….

쌈박한 2020 노트 하나 사야 하는데 어디로 가야 할까요? 인○여고 출신 그녀는 뭐 하며 살아갈까요? 또 한 해가 저물어 갑니다.

- 2019. 12. 13

그래도 아름다웠다

"그때 나이 스물 그 언저리였으려나. 현수 나이였으려나."

재미없던 20대를 얘기하다가 녀석이 그럽니다.

"그래도 아름다웠다."

수능 날 수험생 아들을 둔 녀석에게 덕담 문자 보내다가 뜻하지 않게 긴 대화를 나눴습니다. 하필이면 뉴스 화면이 내가 카메라맨 뒤에 있던 80년대 12월의 그날 화면이었기 때문입니다. 그날 며칠 후, 사람들을 헤집고 들어가 보게 된 거대한 나무 패널에 내 이름 같은 건 없었습니다. 다시 인파를 헤집고 나와서는 차마 떨어지지 않는 다리 때문에 멍하니 서 있는데 자원봉사 나온 그 학교 재학생이 내게 그러더군요.

"제가 봐드릴게요. 과와 이름이 어떻게 되세요?"

순진하게도 곧이곧대로 과와 이름을 얘기하고는 인파를 헤집고 들어가는 그 재학생을 보며 든 생각은 창피함이었습니다. 죄지은 것도 아닌데 말입니다. 그러고는 운동장을 가로질러 무조건 뛰었습니다. 한참을 뛰다 서서 길가에 사람들을 쳐다보니 조금은 슬펐습니다. 그때 내나이 스물 언저리였으려나요. 문득, 성적표를 받아 들었을 녀석의 아들 현수뿐 아니라 많은 수험생 젊은이들에게 녀석의 말을 전하고 싶어집니다.

"참 아름답다, 그 젊음이…."

그나저나 며칠 전 제대한 놀고먹고 대학생 아들 녀석 오늘 밤에는 얼굴 볼 수 있으려나요….

- 2019. 12. 4

소녀에게

노트 속 소녀에게

노트 속 소녀에게, 힘든 날 없었는지, 우울한 날 없었는지, 행복한 날들만 가득한지…. 9월이 가기 전에 묻고 싶지만 코로나 일상에서 그걸 묻는 게 의미 없습니다. 그래서 이렇게 물었지요.

"요즘 사는 게 어때?"

"음~ 난 혼자만의 시간이 필요해."

웃으며 그러던 게 2년 전 요맘때였는데 오늘 대답은 '지구 망해라'입니다. 드디어 절 닮아 갑니다. 언젠간 망하겠지. 돌아서다가 촌스럽게 웃으며 그랬습니다. 아름다워야 할 이 가을날에요. 키득키득.

소녀에게 다시 묻지 못했습니다

어김없이 계절은 바뀌고…. 아침 바람이 차갑습니다. 요 며칠 쓸데없이 바빴습니다. 코로나19 때문에 집과 사무실로 쳇바퀴 도는 일상이었는데 어제 저녁 오랜만에 진로이즈백 마셨습니다. 마주 앉은 후배 녀석, 사는 게 답답하다 투덜거리는 바람에 나도 덩달아 답답해졌습니다. 이즈백 괜히 마셨습니다.

선선한 가을바람 맞으며 홀로 밤길을 걷고는 그런 생각했습니다. 참 서글프네, 뭐… 그런 생각요. 여전히 보고 싶은 사람이 있고, 어떻게 사는 게 좋은 것인지 모르겠습니다. 소녀에게 "사는 게 어때?" 다시 묻지 못했습니다. 날 닮지는 않아서 적어도 겉으로는 즐거워 보이니 다행입니다.

알제리 오랑시에 있지도 않을 텐데, 왜 밀라노 공동묘지가 언급되었는지 책을 처음부터 다시 읽어야 할까요. 아무리 생각해도 이즈백 괜히 마셨습니다.

– 2020. 9. 9

한 권 더 샀어요

얼마 전에 다친 눈 때문에 수술했어요. 한 달 넘게 안대를 하고 앞을 못 보니 답답하더라고요. SNS 소통도 참 오랜만이에요. 지금은 다 아물어서 술도 처먹고 있어요. 한동안 톡에 답 못한 거 이해해 주리라

믿어요. 정상으로 돌아온 기념으로 술만 먹은 건 아니고요, 오랜만에 책 한 권 잡았는데 침침한 게 진도가 안 나가네요.

늘 인터넷으로 책을 사다가 서점에 가야겠단 생각이 들어서 동인천 대한서림엘 갔어요.

"이 책 재고가 없나요? 아님 안 들어왔나요?"

"아직 안 들어왔어요."

좁은 3층 서점 안에 책이 별로 없고요, 사람도 없어요. 쇠락한 동인천의 모습이겠죠. 한때는 참 큰 서점이었는데요. 문득 생각나

는 사람이 있어서 내 거 사는 김에 한 권 더 샀어요. 책 읽는다고 자랑하는 건 아니고요, 그냥 대한서림에 잠겨 있는 아름다운 추억 때문에 그래요. 모든 만남과 인연은 늘 동인천 시계탑 아니면 대한 서림 앞이었던…. 책 속에 이렇게 썼어요.

「아름다운 장소, 아름다운 인연이었던 것들을 추억하고 다시 마음속에 담으며 또 다른 인연으로….」

그나저나 만나기 쉽지 않은 사람이라 이 책 언제 주나요.

거지 같은 날들에

거지 같은 봄날

모든 난방시설이 일시에 철거되는 군대의 3월 1일. 야간근무를 서는 전방 상황병에게는 일 년 중 가장 추운 때. 오래전이기는 하지만 새벽의 한기를 버티느라 상황실을 뱅글뱅글 돌면서 3월은 그렇게 찾아왔었다. 거지 같은 봄날을 코로나 열아홉과 함께 맞는다. 반 백년을 넘게 살았는데…. 한 번이고, 단 한 번이고 거지 같지 않던 3월이 있었을까. 겨울의 때를 하나도 벗지 못하고도 늘 새로워져야 하는, 거지 같은 봄날에….

— 2020. 3. 8

다시 한 해가 가고 있습니다

거지 같은 봄과 거지 같은 여름, 가을을 보내고 또 거지 같은 겨울입니다. 그래도 저무는 한 해 잘 마무리해야겠지요.

얼마 전 신포동에 있었습니다. 대체로 나와바리가 서울이라 대낮엔 몰라도 신포동의 밤길을 걷는 건 얼마 만인지 모르겠습니다. 모든 게 그대로인 건 아니지만 그래도 마음속엔 그때 신포동이나 지금 신포동이나 같습니다. 이 글 쓰며 문득, 신포동 없어진 것들을 추억합니다.

옛 금강제화 앞으로 지금의 신한은행 옆옆에 신라명과를 추억합니다. 기업은행 맞은편 쪽계단 위 블랙박스, 친구 녀석이 찝적대던 알바 아가씨를 추억합니다. 문화거리 초입 왼쪽 골목안 조선옥외 갈빗집들을 추억합니다. 옹기종기 모여 있던 칼국수 골목의 마당 칼국수를 추억합니다. 아무도 추억하지 않는 2층 엘리자벳의 수잔 헤이워드를 추억합니다.

그리고 추억과 함께 가끔 잊어버리는 내 나이를 헤아려 봅니다.

- 2020. 12. 7

홀로 앉아 사람을 기다리는 일

커피를 앞에 놓고

일찍 시작한 하루는 더디게 흘러갑니다. 정오가 되기도 전에 많은 개인사를 처리했습니다. 지금 한숨 돌리며 공익카페 파오스에서 따뜻한 커피 한 잔 마시며 책 한 권의 마지막 페이지를 덮었습니다. 눈이 침침해서 긴 글자를 온전히 읽어 내기 힘들어 책을 내려놓은 지 좀 되었습니다. 새해를 시작하며 오랜만에 책 한 권을 완독했습니다.

예전 같으면 삼사 일이면 충분했을 것을 근 한 달이 걸렸습니다. 눈만 침침한 게 아닌 것이, 읽고도 그 의미를 다 알지 못하겠으니 머릿속도 다 낡아진 모양입니다. 그렇다 하더라도 오랜만에 느끼는 성취감입니다. 긴 여운 속에 머릿속에 남아 있는 한 페이지를 카메라에 담습니다.

날이 참 따뜻합니다. 언제 그렇게도 추웠나 싶습니다. 커피를 앞에 놓고 홀로 앉아 사람을 기다리는 일. 오랜만이라 참~ 좋습니다.

- 2021. 1. 24

어디부터 담아야 하나

아직 5월입니다. 전 신포동에 앉아 있습니다. 일부러 약속 시간 한 시간 전에 도착했습니다. 3개월째 보고 있는 책이라도 읽을 요량이었는데 눈이 침침한 관계로 오래 보기 힘들어 창문 밖 풍경 보며 멍때리고 있습니다.

문득, 신포동의 아침이 참 좋다고 생각 중입니다. 이십 몇 년 전 이삿짐차 보조석에 앉아 인천을 아예 떠나던 봄날이 떠오릅니다. 그렇게 타지를 떠돌며 새까맣게 잊어버린 신포동을 2년 전에 다시 돌아보며 신기했습니다. 수많은 이 거리의 추억들이 고스란히 떠올라 생생해졌으니 말입니다.

오기로 한 개똥이 녀석은 술에 취해 여기 길바닥에 누워 버린 그 겨울날을 다 기억하지 못합니다. 중딩 시절 단 한 번의 일탈이었던 동그랑땡 2층 다락방 그 여름날 또한 다는 기억하지 못합니다. 녀석을 위해 신포동 어디부터 글 속에 담아야 하나 생각 중입니다. 아직 5월이고…. 신포동의 빛바랜 아침 냄새가 참~ 좋습니다.

− 2021. 5. 오전에

오늘 문득,
맘 좋던 김상호를 추억합니다

초등 1, 2학년 때 같은 반이었다는 것 빼고는 뭘 함께한 어릴 적 추억이 하나도 없습니다. 20대 초중반 동네 길에서 우연히 몇 번 마주쳐 가족의 안부를 묻는 의례적 인사가 다였을까요? 직장인이 되고는 각자의 삶 속에서 까맣게 잊은 채 살아가다가 50이 넘어서 며 모임에서 다시 만나고는, 다리 하나 건너 가산디지털단지를 사이에 두고 기본요금 택시 거리인 관계로 자주 만나 막걸리 마시던 세월이 짧게 있었습니다.

살아가는 방식과 의식이 다르다 보니 깊이 있는 대화도 없었을 뿐만 아니라 별반 나눌 초등의 어릴 적 추억도 많지 않았었지요. 그래도 삼치 뼈다구를 앞에 놓고 주전자 소성주를 마시며 아버지 얘기를 하는 그의 외로운 얼굴을 보며 나와 참 많이도 닮았다는 그런 생각했었습니다.

킹크랩 수입 문제로 북쪽으로 가는 길, 노르웨이에서 돌아오던 날, 커다란 여행용 가방을 두 개나 끌면서 나타난 철산동 만복 막걸리집. 게슴츠레 취한 얼굴 속 고단했던 그의 표정이 지금 생각납니다. 작년 어느 때인가부터 전화도 문자도 카톡도 단절된 뒤 어디서 또 사고 치고는 길게도 잠수 탔다고 투덜거렸던 게 조금 후회됩니다. 미안할 것까지야 없겠지만, 왜 이렇게 자꾸 슬픈 걸까요. 깐죽깐죽 장난기 그의 표정이 문득 생각납니다. 친해질 겨를도 없었는데…. 왜 이렇게 슬퍼지는 걸까요.

그날, 군 입대를 이틀 남기고 집에서 있었던 환송식 때문에 고딩 친구 녀석들이 다 마신 맥주병을 방벽에 두르던 그날, 우연히 지나가다가 알게 되었다며 무작정 방까지 들어와서는 처음 보는 제 친구들에게 주눅 들긴커녕 미친 친화력 갑으로 숟가락 술병에 부딪치며 메들리를 불러 젖혀 박장대소하게 했던 그날을, 녀석처럼 친화력 갑인 오모시기 고딩 친구 녀석이 뭔 메들리가 이렇게 곡마다 짧게 짧게 끊어지냐며 타박하다 다 함께 웃던 그날을, 혹 나처럼 기억하냐고.

지금도 둘도 없는 친구인 그 오모시기와 혹여라도 셋이 앉아 막걸리 마시게 되면, "너? 얘 기억나냐. 넌 얘 기억나냐." 물으려 했는데…. 또다시 시간 하나를 놓쳤습니다. 갑자기 듣게 된 부고 소식에, 뭔가 자꾸 슬퍼집니다. 오늘 문득, 맘 좋던 김상호를 추억합니다.

비 때문이었을까요

1

지금은 찌그러진 대한서림, 그 옆으로 빽다방에서 만난 녀석과 막걸리에 삼치는 비 때문이었을 거예요. 인하의 집, 소성주 두 병을 주전자에 붓고 삼치구이와 오징어데침을 앞에 놓고는 술 취해 울고 싶을 때나 할 법한 아버지 얘기를 자리에 앉자마자 맨정신에 시작한 건 아마도 녀석도 비 때문이었을 거예요.

이상하지요…? 한쪽 귀로 녀석의 말을 다 듣고 있는데도 머릿속은 내 아비를 생각하고 있었으니 말입니다. 그날 밤, 아버지가 마당에 던져 버린 책가방을 주섬주섬 챙겨서 교련복 차림으로 학교 새벽 담을 넘던 그날에 아버지가 했던 말을 녀석도 하고 있네요.

이상한 건 또 있어요. 남들은 다들 '연집 아들'이라 하는데 나는 '복덕방집 아들'이라 불렀죠. 아버지와 엄마, 할아버지도 특히 덩치 작으셨던 할매도, 나와 나이 같은 미란 누이와 정호도 다 기억나는데 정작 녀석과 뭘 한 기억이 하나도 없어요. 그래서 반세기 넘게 살아 낸 후에 만나서 둘이 한 거라도 주저리주저리하려고요. 뭐, 중요한 건 아니지만요.

마음이 자꾸 불편하니 그러려나요…? 사실 또 다른 그날도 비가 왔었어요.

2

주저리주저리 추억은 마음이 따듯해져요. 그럴 줄 알았는데 뭔가 불편하네요. 코로나블루도 별거 아니었는데 별거이게도 죽은 녀석이 자꾸 생각나요. 쓸데없이 고만 생각하려고요. '비 때문에 어쩌고 2'는 10년 후에나 10년 전을 추억하며 올리려고요. 어차피 다 지웠어요. 그리고 잘 있으라고 인사는 남겼어요.

너무 덥네요. 왜 이렇게 더운가요. 값만큼 맛도 착한 커피에반하다 커피 마셔요. 조금 인연이 있거든요. 나이를 먹으니 시간을 못 맞춰요. 일찍 와 앉는 버릇은 왜 생긴 걸까요? 쓸데없이요~

담천, 이 가을을 보내다

어김없이 계절은 바뀌고 날은 추워졌습니다. 그사이 김 모시기 에게서 안부 톡이 왔고 서모시기와 반갑게 통화했습니다. 아주 오 랜만에 초등 동창 몇을 만나 옛 추억을 함께 떠올렸습니다. 쌀집 아들이니 문방구집 딸내미니 하면서요.

어제 몇 년 만에 L이 멀쩡한 목소리로 다시 밤늦게 전화했습니 다. 제가 잠깐 올렸던 톡 옛 사진을 보고는 옛날이 그립다 하면서 누가 보고 싶다고 합니다. 저 말고요. 어쩌라는지 모르겠습니다. 왠지 모르게 오래된 날들이 더 또렷해집니다. 뇌가 그런 식으로 퇴 화되고 있으려나요.

오늘 문득…, 멈춰진 프로필에 다시 한 줄 추가합니다.

57살, 36년 만에 엘라자벳에 앉아 수잔 헤이워드를 추억하다.

58살, 아름다웠어야 했을 20대 초중반 시절의 나와 화해하는 마 지막 작업을 벼르고 벼르다 오늘 끝마치다. 30년 만에 그 길을 다 시 걷고 커피 한 잔을 들고 벤치에 앉아 책을 읽다. 수많은 장면들 과 사람들이 디테일로 머릿속을 스쳐 지나가다. 대한민국 오십팔 살을 지나가다. 그리고… 폐에 암을 품다.

– 2021. 가을을 보내다

일기장은 왜 내가 갖고 있을까요

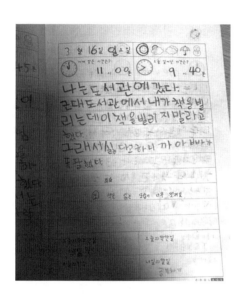

날이 춥네요. 별거 아니게 조금 아팠는데 거의 다 나았어요. 카톡도 오랜만에 해요. 몇 년전 부터 뭔가를 정리하는 버릇이 생겨서 초콜릿 박스안에 마구잡이로 들어 있는 사진들을 시기별로 정리했는데 나도 참 깔끔한(?) 시절이 있었더라고요. 뭐 내 생각이지만요. 뭘 버리지 못하는 성격 때문에 한동안 모아져 있던 수첩이고 일기장이고 편지고…. 몇 년 전에 다 버렸는데 더러 남아 있는 것들이 있네요.

○○여고 나온 어떤 가시네 편지가 있는데 읽다가 좀 놀랐어요. 아무리 읽어 봐도 '나랑 사귈래?' 뭐 이런 문구인데 왜 삼십오륙 년 전에는 그걸 그렇게 해석 못 했을까요. 답을 달라는 편지에 답할

생각조차 안 했으니 말이죠.

  집사람이 볼까 봐 학창 시절 성적표 다 버렸는데 유독 어느 해 어느 달 성적표 달랑 한 장이 있어요. 차마 버리지 못한 이유가 있었어요. 8살 적 공주병 딸내미 일기장은 왜 내가 갖고 있을까요. 오랜 수첩 속에 'ㅇ동원'이란 이름이 새로워요. 참치 언니를 잠시나마 추억합니다. 난 왜 청승맞게 살아온 날들을 정리하고 있을까요…? 쓸데없이요.

– 2022. 2. 9

양지바른 곳에 잘 모셨습니다

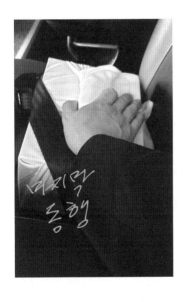

"나중에 아프게 돼도 요양병원은 안 갈란다."

오래전 언젠가 엄마가 그랬습니다.

"쓸데없는 소리하고 있네."

제가 그랬지요.

더 이상 해 줄 게 없다며 나가라는 병원에서 버티다 버티다 어쩔 수 없이 요양병원으로 전원 가기로 되어 있던 날 이른 아침에, 집에 가고 싶다던 엄마는 병상에서 홀로 생을 마감했습니다. 정말로 요양병원에 들어가기 싫었던 모양입니다.

아직 전 많이 슬픕니다. 바쁜 와중에도 그 슬픔 나눠 주시고 위로와 격려, 따뜻한 말 전해 주신 분들에게 감사 인사드립니다. 덕분에 양지바른 곳에 잘 모셨습니다. 고맙습니다!

– 2022. 6. 17. 상주 올림

쓸데없이 또 눈물이 납니다

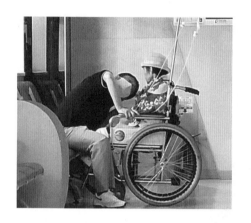

차가운 빈방 벽에 5월과 6월 농협 달력 두장을 떼어 냈습니다. 문득, 뜯어진 달력을 수등분해 이면지로 바구니에 모아 놓던 A와 덧대어 꿰매 뒤축이 두꺼워진 양말을 가지런히 개던 그녀, 그리고 그 옆에서 또 다른 달력으로 국어 교과서 표지를 싸던 어린 내가 생각났습니다. 먼지 앉은 오래된 화장대 위로 때묻어 촌스런 빅버튼 실버 전화기는 이미 신호가 끊겼습니다.

전화를 받지 않는 오랜 습관으로 돌림 전화하다가 겨우 통화된 그녀의 무심한 답에 버럭한 게 마음에 걸려서, 찾아본 그녀의 빈방 벽엔 늘 A의 무표정한 얼굴이 있었습니다. 나만큼 바쁜 탓으로 늘 주인 없는 빈방에 잠시 누웠다가 깜박 잠이 들면, 그녀가 이불귀를

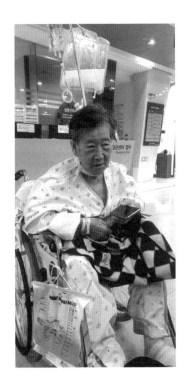

당겨 내 몸을 덮었었습니다. 아주 오래된 옛 습관입니다.

누군가 정리하고 간 장롱 속은 텅 비어 아무것도 없습니다. 이젠 아무도 뜯을 일 없는, 그림 한 점 없는 촌스런 흑백 농협 달력을 통째로 떼어 내 접어 놓고는, 방을 나서다가… 다시 돌아서고는 쓸데없이 또 눈물이 납니다.

"엄마, 사랑해."

왜 그 한마디 못하고 살았던 걸까요. 비가 내리면 오늘 소성주 한잔하려 했는데 어제까지 내리던 비가 내리질 않습니다.

- 2022. 7. 1

3

그 먼 옛날,
느티나무 아래에 다시 서다

배다리골 동화(童話)

1

까만 타르 덕지덕지 베니아 합판으로 된 울타리 벽 사이 골목길을 돌아 송현교회 마당에는 어린 아해들이 '무궁화꽃이 피었습니다'를 외쳤다. 높다란 계단을 올라 본당에는 바위에 주저앉아 깍지 낀 예수님도 있었지.

태양당 약국 옆, 옷핀에 멍게 팔던 땅딸이 아저씨도, 송현시장 통 조개 껍질 까던 쉰 목소리 아줌마도, 약 사러 가면 이건 약 안 먹어도 된다고 그냥 돌려보내던 곰보 아저씨도 다 내 친구 가족이었다. 밤늦도록 놀다가 한 명 두 명 어머니 손에 끌려 집으로 가던 친구들도 내 가족의 친구의 동생, 오빠들이었어.

냉장고 안 얼음이 신기해서 자주 간 친구 녀석네 마당에 걸린 가운데가 누렇게 오줌에 물든 이불이 기억나도 정작 그 녀석 얼굴이 기억나지 않는 건, 아마도 나이 탓일 테지. 그 동네 그 어귀, 그 골목길에 열 살짜리 아이가 서서 바라본 건, 배롱나무였을 수도 있었겠다.

2

자그마한 장독대 밑으로 어두컴컴한 쪽광이 있고 그 앞마당을 가로질러 고동색 나무 대문엔 쇠로된 빗장이 걸려 있었네. 통금이 있던 시절, 마당 끝 쪽방에 살던 쌍둥이 언니(?)들은 마땅찮아 하는 아버지 눈치를 피해 나와 내 누이들에게 늦은 밤에 롯데껌을 사다 주고는 문을 열게 했었어. 잠 안 자고 그 문을 서로 열려고 우당탕 뛰다가 아버지 호통에 눈물을 훔치고, 찬 마룻바닥에 꿇어앉아 손을 들고 있어야 했었지. 파랗게 질려서 미안해하던 그 쌍둥이 언니들이 술집에서 술 따르는 게 직업이었음을 안 건 내가 좀 더 나이 먹고서였어.

집 앞 골목길에서 현ㅇ 형과 구슬치기하고 있는 동안 먼발치에서 미ㅇ이는 내 누이들과 고무줄 놀이를 하고 있었지. 국민학교 입학 후 엄마는 다리가 불편했던 수ㅇ이의 어머님과 친했던 탓에 나와 같이 등교하게 하셨는데, 나는 앞장서서 걸어가고 수ㅇ이는 뒤에 처져 따라오고 그 뒤로 안쓰러이 바라보던 두 엄마가 생각나. 친구가 싫어서 앞장선 게 아니라 그때까지 교류가 없던 탓에 같이 걷기 쑥스러웠기 때문인 걸 두 엄마가 아셨을는지 잘 모르겠어.

내게 맡겨 놓은 황금박쥐 딱지가 돌려줄 때 줄어 있다고 벼르던 준ㅇ의 형이 골목길에서 날 잡으러 뛰어오던 기억도 생생한데, 그 딱지가 줄어 있던 이유는 내 딱지와 섞여 있던 걸 내가 대충 덜어 냈기 때문이야. 준○의 형 딱지를 덜어 내며 되도록 적게 덜어 내려고 고민하던 건 아무도 모를 테지.

우리 집을 사 버렸던 영○이네 가족이 들어오고, 온 가족이 별채에 옮겨 살던 잠시 동안의 그 시절에, 마당에서 날 때린 영○이는 때린 그날을 기억 못해도 맞은 나는 기억해. 내게 붉은 노을 풍경화를 그려 준 영○이 누이가 보고 싶은 건 틀림없이 내가 나이 들었기 때문일 거야.

아~ 제일 궁금한 아이? 집에 냉장고가 있던 형○이네 옆집 옆집 살다가 호주(?)로 이민 간 한약방집 아이의 이름을 혹 기억하는 친구가 있을까? 어디가 앞이고 어디가 뒤인지…, 무엇이 몇 살인지 잘 모르겠는 건 틀림없이 세월 탓이겠지. 안 그래?

3

수도국산 밑으로 송현시장 쪽 언덕배기에 살던 두○이네 집에는 권투 글러브가 있었어. 뭘 모르고 글러브를 끼웠다가 실컷 두들겨 맞고는 식겁했던 기억 속 상대는 두○이 형이거나 형이 없다면 그 동네 형이었나 봐. 그 밑으로 걸어 나와 수문통 하천에 종이배를 띄우고 신나게 뛰어놀다가 더러는 큰 배를 보자고 수문통에서 인천교까지 걸어가서는 해가 진 후 한참 만에야 돌아와 엄마에게 혼나던 기억들이 어렴풋해.

일요일마다 버스를 타고 무조건 종점에 내려서 묻지 마 여행을 함께했던 성○이와 사○이는 그 옛날을 기억하는지 모르겠어. 지금은 교각 위에 철판이 덧대어 있어 아무렇지 않게 건너지만, 그때는 기찻길처럼 나무 침목만 있어서 건너기 쉽지 않았던 소래포구 바다 위 다리 건너편에서 빨리 오라고 손짓하는 성○이에게 끝내는 건너가지 못했던 기억이 생생해.

어머님이 만화가게를 하셨던 ○옥이네에서 만화를 빌렸다가 한 권을 잃어버리고서 아무렇지 않게 남은 책을 반납하고는 어린 마음에 죄책감으로 상처받았던 내 치부는, 생각해 보니 여지껏 누구에게도 말한 적 없었네. 며칠 전 가 본 초등학교 교정에 홍익인간 비석을 찾을 수 없어서 서운한 건 내가 아마도 나이 든 탓일 테지. 다시금 그 옛날이 아련해지네….

– 2013. 10. 8

유년의 기억, 그 시절에

1

　미닫이문이 있는 대한전선 TV가 집으로 들어오던 날. 구경 온 동네 사람들로 집이 북적거렸다. 그 시절엔 전화기가 있는 집도 동네에서 별로 없었다. 난 사립유치원생이었다. 돈 있는 집 자식들이나 다니는 유치원이었다. 그해 겨울 초입, 어머니는 아랫목에 앉아 내 손을 잡고는 그랬다.

　"내일부터 유치원 안 나가도 된다."

　불길한 조짐들이 느껴졌으나 난 그 속사정을 알 리 없었다. 부엌 부뚜막에 앉아 큰누이가 둘째 누이에게 몰래 속삭였다.

　"우리 집 이제 가난해질 건가 봐."

　난 그 소리도 뭔 말인지 알 수가 없었다. 겨울 동안 난 그렇게 백수(?)가 되어 놀았다. 가끔은 노란색 단복에 찐빵 모자를 눌러쓴 채 유치원에 가는 옆동네 ○○의 뒷모습을 보며 서 있었으나, 그때 내가 무슨 생각을 했는지는 기억나지 않는다. 봄이 오기 전 유치원 졸업을 마친 친구들이 집으로 돌아오며 손에 들고 있던 졸업 선물은 크레파스 세트였다. 난 그 이후로 크레파스에 집착했다.

세월이 흘러, 40여 년도 더 지나 참석하게 된 초등학교 동창 모임에서 유치원 동기들을 만났다. 난 그 유치원 다닌 건 맞지만 졸업을 못 했다고, 너희들하곤 출신 성분(?)이 다르다고 고백했다. 그리고 내가 기억하는 그 크레파스를 그 누구도 기억해 내지 못한다.

"그랬구나. 그 크레파스… 우리가 사 줄게."

크레파스가 80색은 족히 되었을 3단짜리였던 걸, 그들이 알기나 할까?

2

그해 5월 그녀는 짝이었습니다. 또렷한 기억으로 남은 건 봄날의 소풍길 때문이었지요. 선생님이 그러셨어요. 옆사람과 손잡고 걸으라고…. 남자아이들은 킥킥거리며 여자아이의 손을 뿌리쳤고 어떻게 손을 잡냐며 나뭇가지 양쪽을 잡고 가는 아이들도 있었습니다. 전 처음부터 끝까지 손을 잡고 걸었습니다. 내 손을 덥석 잡은 그 아이의 손을 뿌리칠 용기가 없었던 것이지요. 사실 걷는 내내 남자로서 구겨진 체면 때문에 마음이 불편했습니다.

얼굴을 기억하면서도 이름은 얼마 전까지 기억해 내지 못했지요. 작년 동창회 밴드에 갑자기 나타난 그녀 때문에 이름이 생각나고, 그해 5월의 봄날이 기억난 건 제가 생각해도 희한한 일입니다. 그렇게 40여 년이 휙 지나서 유년의 기억이 다시 아름답게 남았습니다. 그 추억을 바다 건너 멀리 있는 그녀에게 오롯이 전합니다.

3

학교 안 간다고 떼를 썼다. 학교가 무서웠기 때문이다. 찌질했다. 아버지는 별렀다. 입학식 날 날씨가 화창했다. 날 혼자 보냈다. 운동장에 반별로 줄을 서 있었고, 난 어디로 가야 하는지도 몰랐다. 울면서 집으로 갔다. 사태가 심각한 걸 안 아버지는 내 손을 잡고는 학교로 갔다. 운동장엔 아무도 없고 모두 교실로 들어간 뒤였다.

교실에 들어서고 김정례 선생님이 왜 이제 왔냐고 물으셨다. 또 울 뻔했다. 비어 있는 자리에 앉았다. 창피해서 눈에 아무도 들어오지 않았다. 앉으며 유독 눈에 들어온 옆자리 아이…. 그렇게 입학 날 첫 만남이었다.

엄마는 늘 학교에 흰 한복을 입고 오셨다. 그 아이 엄마도 늘 흰 한복을 입고 나타나셨다. 그런 인상으로 인해 아이의 얼굴과 이름이 각인되었다. 그리고 그 후 7년간이나 기억 속에서 까맣게 지워졌다.

다시 만난 건 78년 무더웠던 여름날이었다. 하필이면….

4

그녀다. 언제나처럼 다소곳이 앉아 책을 읽는다. 그가 그녀를 불러 나를 소개한다.

"○○이 알지?"

"어… 내가 잘 모르지."

그녀는 담담하다. 인사는 했지만 어색해진다. 빛바랜 합판으로 된 사각 밥상 위에 펼쳐져 있는 책을 그녀가 치운다. 펼쳐져 있는 페이지의 소제목, 「사람이 위에 있다」. 그녀는 무슨 책을 읽을까? 원제목을 보지 못해 못내 서운하다. 그녀가 나가고 그가 내게 묻는다.

"뭐 마실래?"

그녀에게 시킬까 봐 내가 거절한다. 이내 그가 술상을 차려 온다. 내 고민을 그가 다 들어 주는 게 고마워 주는 대로 마시고는 취기가 오름을 느낀다. 취하면 안 된다. 나는 옆방에 있는 그녀를 의식하고 있다. 그렇게 술 몇 병을 비우고 그와 헤어지는데, 문 앞에서 그녀가 인사한다.

"또 뵐게요."

그녀가 웃는다. 밤길 조심하란다. 또 보자고? 할 말이 그것밖에 없었을까? 언덕을 지나 아카시아 향이다. 낯익은 골목길을 지나 대로로 나오니 마음이 애틋해진다. 그는 알까? 이 애틋함을…. 그녀는 알까? 몇 년 전, 아침마다 그녀와 마주치기 위해 도시락 싸는 엄마를 재촉하던 때가 있었음을….

주머니 속에 차마 전달하지 못한 편지 한 장이 만져진다. 군대라는 긴 시간과 공간 끝에 그녀도 언젠가 잊히겠지, 이 골목 어귀의 아카시아 향기처럼…. 날들은 그렇게 흘러간다. 그들처럼….

5

하필이면 그 집이었다. 나보다 2살이 많았으니 여고생이었다. 이미 1년 전부터 시작된 가슴앓이…. 사람들은 그걸 짝사랑이라 불렀다. 지금도 늘 풀 먹인 하얗고 커다란 교복 칼라, 단정한 푸르스름 책가방이 생각난다. 등교길에 마주치기 위해 도시락 싸는 엄마를 재촉하며 짜증 내던 내 고1 그 시절도 가끔 떠오른다. 지금 생각해 보면 군 입대 전까지 8년이라는 긴 시간이었으니 그 짝사랑의 역사도 꽤나 깊다.

그날 검은색 철문을 열어 주며 무심히 웃던 것도 그 누나였다. 과외 공부방 문을 열고 들어섰을 때 방 안에는 과외 선생님인 그 누나의 오빠 그리고 3명의 여자아이, 2명의 남자아이가 있었다. 성ㅇ이 옆에 앉아 있는 아이와 눈이 마주쳤다. 또렷이 떠오르는 이름 석 자가 입속에 맴돌았다. 긴 시간 같은 학교, 같은 동네에 있었을 텐데도 분명 7년 만에 만나는 거였다.

공부 말고 다른 것에 관한 기억은 별로 없다. 나처럼 그 아이도 유독 말이 없던 탓이었다. 동인천 크라운베이커리에서 빵 먹던 기억은 있으나 무슨 대화를 했는지는 모른다. 체크무늬 실크 남방이 생각나는 건 아무래도 오버겠다. 아이의 집 골목 앞 한길에서 마주쳤다. 잘 지내, 뭐 이런 인사였을까? 운동화 바닥으로 애꿎은 땅만 긁어 댄다.

83년 한 차례 혜ㅇ이 옆에 서 있던 아이를 전철에서 마주친 걸 빼고는 35년 만에 동창회에서 만났다. 크라운베이커리도, 그 집에 있던 그 누나도, 무더웠던 그해 여름날의 아련함도, 아이는 기억해 내지 못한다. 아름다운 어린 날의 동화, 그런 것을….

6

마당 끝 쪽방엔 뚱땡이와 갈비씨 자매 언니(?)가 세 들어 살았습니다. 큰누이와 작은누이가 부르는데로 저도 'ㅇㅇ언니'라고 불렀지요. 그 자매 언니들은 항상 밤이 늦어 귀가했습니다. 통금이 있던 시절, 그래서 그게 몇 시일지 지금은 감이 잡히지 않습니다.

언니들이 대문을 두드리면 누이들과 전 자지 않고 벌떡 일어나 서로 대문을 열어 주려 했습니다. 그러면 롯데껌을 주었거든요. 마당을 가로질러 고동색 나무 대문에 쇠꼬챙이를 빼내고 나무 빗장을 풀어야 대문은 열렸습니다.

하루는 서로 먼저 열려고 마루에서 우당탕하는 바람에 화가 난 아버지가 저희들을 차가운 마룻바닥에 무릎을 꿇리고 손을 들게 하셨습니다. 마당에서 사색이 된 채 서 있던 그 자매 언니를 보며 전 이 상황이 뭔지 잘 몰랐습니다. 벽지에 씹던 껌을 붙였다 다음 날 다시 씹을 정도로 그땐 왜 껌이 그렇게 좋았는지 잘 모르겠습니다.

그 언니들이 술집에서 술 따르는 게 직업인 걸 안 건, 조금 더 나이를 먹고 초등학교에 들어가고 나서입니다. 동인천 인현통닭집 근처쯤 2층에 백만불싸롱이라 간판이 붙은 곳이 그녀들의 일터라고, 모르는 게 없었던 작은누이가 지나가면서 제 귀에 속삭였습니다. 그래도 그 언니들을 제가 좋아했던 건 껌 때문이 아니라 얼굴이 예쁜 데다 저한테는 늘 상냥했기 때문입니다.

마당 끝 쪽방에는 많은 사람들이 거쳐 갔습니다. 얼굴 보기 힘들어 제가 간첩일 거라 확신했던 김씨 아저씨가 그때는 나이 많은 줄 알았는데 20대 청년이었다고 하니 아직도 건강하게 잘 살아가고 계시겠지요. 문득, 아련해집니다.

7

날씨는 몹시도 화창했습니다. 76년 5월의 봄날, 영화초등학교 교정에서 열렸던 전국 글짓기 대회장에서 만난 아이는, 운동장 한편 구석탱이 자리 제 옆에서 원고지에 칸을 채우고 있었습니다. 그날 제시된 시어가 있었는데 기억이 나지는 않습니다.

아이는 그날 이후로 길에서 마주칠 적마다 글씨 잘 쓰는 오빠라고 나를 불렀습니다. 그렇게 조금은 신경 쓰이는 존재가 되었나 봅니다. 친하게 지낸 친구도 없는데도 위쪽 동네에 자주 간 게, 아마도 그 아이 때문인지도 모르겠으니 말입니다. 중학생이 되고는 어렴풋한 기억으로만 남게 된 이후, 가끔 아주 가끔은 궁금했습니다. 잘 지내는지…?

한 동네에 살던 배○○라는 초등 후배에게 졸업앨범을 빌렸습니다. 아이의 이름도 몰랐기에 이름 석 자 확인하고 싶었지요. 86년 군 작전 OP에서 훈련 중 우연히 만난 그 후배가 그때 일을 기억하고는 제게 그랬습니다.

"그때 앨범 빌려 가셨던 게 생각나네요."

언젠가 세월이 흘러 어른이 된 아이를 전철 플랫폼에서 만났더랬습니다.

"○○○ 시죠?"

훌쩍 커 어른이 된 아이가 당황해하며 그랬지요.

"아니에요. 잘못 보셨어요."

너무 당황스러워 순간적으로 한 거짓말인 줄 알지만 아마도 스토커라고 생각했거나 날 알았거나 둘 중 하나였을 겝니다. 아무 의미 없는 인연이지만 어쨌든 작은 인연 하나가 허무하게 끝났습니다.

초등 1년 후배였으니 ○○회 졸업일 그 아이의 얼굴은 생각나지 않지만 영화초등학교 교정의 5월 햇살이 아련히 떠오르는 건, 아마도 어린 날의 동화, 그 애틋함… 뭐 그런 것이겠지요.

느티나무 아래에 다시 서서

1

1971년, 1학년 김정례 선생님과의 첫 대면은 끔찍했습니다. 입학식 날 아버지가 날 혼자 학교로 보낸 것 때문에 교실에 늦게 들어간 일로 꾸지람을 듣고는 주눅이 들었기 때문입니다. 그래도 일 년 동안 선생님을 좋아했던 건 선생님이 엄마보다 예뻤기 때문이었습니다. 학기 중에 아파서 시름시름 앓다가 한 달여간 등교하지 못했는데, 선생님이 가정방문을 오신 다음 날 신기하게도 병이 씻은 듯이 나았습니다. 믿거나 말거나이지만요.

반면에 2학년 선생님은 정이 들지 않았습니다. 웬만하면 함자 정도 기억할 텐데도 전혀 기억나지 않는 걸 보면 잊기로 한 게 틀림없습니다. 사나운 인상이기도 했지만 선생님은 짜증을 자주 내셨습니다.

아이들에게 군것질거리 심부름을 자주 시키셨는데, 빵이나 과자도 있었지만 주로는 껌이었습니다. 껌은 롯데껌, 그것도 껌 종이가 노란색인 쥬시후레쉬만 씹으셨습니다. 한번은 후문쪽 지금의 삼익 아파트 맞은편 골목 안쪽에 한약방 옆집 옆집 살던 김ㅇ동이가 노란색이 아닌 흰색 껌(스피아민트)을 사 왔다고 역정을 내시던 게 기억납니다.

1학년 때 급식으로 나오는 병우유가 있었는데 돈을 내고 먹는 것이라 우유를 마시는 아이는 많지 않았습니다. 비닐을 벗기고 두꺼운 마분지처럼 된 둥근 종이마개를 손으로 눌러 빼고는 마셨습니다. 지금 먹는 우유와는 맛이 달랐던 건 기분 탓이려는지 모르겠습니다. 물론 급식빵도 있었는데 옥수수빵이었을 그 빵의 모습은 기억나지 않는데도 빵을 담았던 플라스틱 빵틀(바구니)은 기억납니다.

2

3학년 선생님은 처녀 선생님이었습니다. 김종미 선생님으로 머릿속에 남아 있습니다. 옛 조민형한의원 자리 옆옆으로 조그만 여인숙 옆에 난 골목 안쪽 마당 좁은 첫 번째 집 단칸방에서 자취를 하셨습니다. 아이들을 좋아하셨고 성격이 좋으셔서 여자아이들 몇몇은 그 단칸방을 들락거렸습니다.

선생님은 눈물이 많았습니다. 당시 반장이었던 이ㅇㅇ가(이름 물론 기억합니다) 선생님이 교실에 안 계실 때 떠드는 아이, 말 안 듣는 아이를 나오라 하고는 늘 손바닥을 때렸습니다. (아프게 때리는 건 아니었지만 왜 다들 얌전히 맞고 있었는지는 모르겠습니다. 반장의 갑질 뭐 그런 거?) 이 모습을 우연히 보시고 대노하시고는(대노 맞습니다) 반장에게 어머니 모시고 오라 하시면서 엄청 우셨습니다. 그날 어머니 바로 오셔서 상담하셨지요.

지금 생각해 보면 체벌에 대한 교육자적 신념, 그런 게 있었던 게 아닌가 싶고, 반장이었던 그 친구는 그 어린 나이에 담임의 반응으로 큰 충격을 받았을 테지만 아마도 또 다른 차원의 큰 깨달음이 있었을 겁니다.

한번은, 얼마전까지 있었던 천수당한의원 자리에서 당시 한약방을 하던 집 딸아이가 이민을 간다고 앞에 나와 인사하며 우는데, 그 옆에 서 계시던 선생님도 따라 우시던 모습이 선명합니다. 자주 우시는 게 이해가 안 갔지만 선한 마음을 가진 훌륭한 교육자이셨습니다. 아이들에게 늘 칭찬을 아끼지 않으셨는데, 피리 부는 것에 소질 있는

아이에게 앞에 나와 유행가를 불게도 하시며 칭찬하셨고, 수업 시간에 누군가의 일기장을 읽어 주시며 칭찬하셨고, 유머 있다고 칭찬하시고….

참 그러고 보니 문득, 그날 엄마의 손을 잡고 운동장을 가로질러 걸어 나가던 한약방집 딸아이의 뒷모습이 아련히 떠오릅니다.

3

3학년 김종미 선생님 얘기를 좀 더 해야겠습니다. 처녀 선생님이
셨으니 20대 중반 정도였겠거니 생각하지만 혹 노처녀였는지도 알
수는 없습니다. 암튼 그 나이에 쭉쭉빵빵하고는 좀 거리가 있으셨
고 늘 볼은 빨가셨습니다. 울기도 잘하셨지만 웃기도 잘하셨고 애
들에게 친구처럼 대해 주셨던 거 같습니다.

이 선생님을 잊을 수 없는 건 일기 때문이었습니다. 「학교가 끝
나고 ○○와 수문통에서 배를 띄우고 놀았다. 내가 만든 배가 더
빨라서 기분이 좋았다. 그리고 참 재미있었다. 내일도 또 놀아야겠
다.」 초등학교 3학년 일기장에 내용이 뭐 다 그랬습니다. 말 그대
로 일기입니다.

하지만 일기 쓰는 게 즐거운 건 아니었던 모양입니다. 우연히 당
시 5학년이었던 작은누이의 일기장을 베껴 썼습니다. 「태양은 어
떻게 만들어졌을까? 지구는….」 선생님이 수업 시간에 아이들에게
제 일기장을 읽어 주시며 과학자가 되라고 하셨습니다.

모범생이 아니라 늘 문제아여서 학교생활을 통틀어 칭찬이라고
받은 기억은 단 두 번뿐인데 그 한 번이 바로 이 일기였습니다. 물
론 과학자가 되고 싶은 생각은 없었지만 이후로 누이들의 일기를
자주 베껴 쓰는 노력 정도는 한 것 같습니다. 칭찬과 긍정의 힘이
그런 것임을 차차 알게 되었지요.

내일 선생님이 살던 고동색 나무 대문집 작은 마당 문간방을 볼 수 있을까 하고 오랜된 흑백으로 된 잿빛 동네를 걸어 볼 예정입니다. 아련한 추억과 애틋한 기억들이 바람을 타고 봄날이 그렇게 오고 있습니다.

4

4학년 담임은 강희순 선생님이셨습니다. 여선생님이시지만 덩치 있으시고 좀 무섭게도 생기신, 상냥한 스타일은 아니시지만 속마음은 참 고우셨습니다. 속마음을 어떻게 아냐고요? 그건 그냥 알아요. 4학년 교실에 자주 오던 잘생긴(?) 아들이 기억납니다.

선생님과의 추억 한 자락. 태어나서 처음 편지를 썼습니다. 여름방학 때 고운 종이 잘 오려서 예쁜 글씨로 정성껏 썼습니다. 첫 편지니까요.

뭐 내용까지야 기억에 없지만. 어떻게 보낼까 궁리하다가 사진 속 선생님 집 대문에 쓰여 있는 주소를 편지봉투에 옮겨 적어 우표 딱지 침 발라 붙이고 우체통 통해 보냈습니다.

개학이 되고 선생님이 그러셨지요. 잘 받았는데, 수취인이 문패 속 집주인 이름이 아니라서 우체부가 몇 번을 물어봤다고…. 어린 마음에 내가 뭘 잘못한 것 같아서 좀 그랬습니다. 암튼 그렇게 첫 편지의 상대였지요.

그런데 한 두어 달 전 제가 올린 이 집 사진을 우연히 본 동창생 이○○가 그럽니다.

"여기 우리 집이네?"

"여기 강희순 선생님 집인데?"

"아냐, 우리 집이야."

뭐? 그럴 리가. 이때부터 머리에 쥐나고…. 내 기억이 틀릴 리 없는데.

"여기 진짜 너희 집 맞아?"

"그럼 내가 우리 집도 모르니?"

도대체 난 어느 집 대문에서 그런 걸까요? 두어 달 지나고 다시 물었습니다.

"여기 진짜 너희 집 맞아?"

"내가 얼마나 오래 살았는데 내 집도 모르겠니?"

"아, 그래. 내가 집주인한테 생떼 쓰네."

"혹시, 그 전에 사셨나?"

"뭐? 너 언제부터 거기 살았는데?"

"5학년 때."

아, 머리 아파. 강희순 선생님은 4학년 담임이라고! 수수께끼가 풀렸습니다. 이런 된장.

5

1975년, 전 대한민국 국민학생 5학년, 그것도 1반이었습니다. 인생에 단 2번, 중3과 더불어 heyday, 제 전성기였습니다. 왜냐고요? 처음으로 내 스타일의 남자 선생님을 만났거든요. 5학년 1반 전선순 선생님. 물론 선생님은 저한테 관심 같은 거 전혀 없으셨지만….

암튼 전 빛나는 청춘이었습니다. 단 한 번, 학창 시절 탈탈 털어제일 높은 등수. 가출의 꿈. 책이 귀했던 시절 처음 읽은 스티븐슨의 소설. 이성에 눈뜨고. 처음으로 학교생활이 즐거워진. 이때 취미는 인천 모든 시내버스 타고 무작정 종점 가기. 뭐든 다 첨 첨 첨 처음이었고 놀고먹고 국민학생…. 전 원 없이 놀았습니다.

전선순 선생님은 좀 특별했습니다. 혼낼 때와 칭찬할 때를 잘 구분하셨습니다. 평소엔 다정하시지만 특별한 상황에서는 무척 엄하셨지요. 아이들이 단체로 잘못하여 모두를 한 줄로 세워 놓고 그러셨지요.

"너희들은 사람이 아니다. 매 맞을 자격도 없는 동물들이니 한 명씩 동물 흉내를 내고 들어가라."

꽥꽥, 멍멍, 야옹야옹, 찍찍…. 저는 무슨 동물을 흉내 내나 고민하고 있는데 제 바로 앞에 있던 택진이가 선생님에게 그럽니다.

"저는 동물이 아닙니다. 사람입니다."

"그래? 그럼 맞아야지."

하고는 엎드려뻗쳐를 하게 하신 후 매를 때리셨습니다. 이런 된장…. 매 맞는 게 중요한 게 아니라, 택진이처럼 하자니 따라 하는 거 같고 동물 흉내 내자니 바보 된 기분이고 멍하니 있는데 "넌 뭐야?" 그러십니다. 순간적으로 "꿀꿀"했다는…. 그날 택진이 혼자만 맞았습니다. 이유야 알 수 없으나 아이들을 일렬로 세우시는 거 좋아하신 듯합니다.

6

전선순 선생님이 언젠가 엄청난 숙제를 내주셨는데, 우리나라 은행의 조직도를 그려 오라는 것이었습니다. 조직도란 말 자체를 이해 못 한 저와 친구 몇은 동인천 주변의 은행이란 은행을 모조리 찾아가서는 그랬지요.

"조직도 좀 그려 주세요."

은행 점포라는 데가 국민학생에게 친절을 베풀며 시간을 내어 줄 환경은 아니었던 모양입니다. 돌고 돌아 미림극장 옆으로 지금 약국 자리(?)에 있던 경기은행이었던가, 거기서 말끔하게 생긴 형아가(아마도 당시 말단 직원이지 싶습니다) 내가 내민 종이에 끄적끄적 그려 주었습니다. 문제는 글씨가 엉망이라 피라미드 맨 하단에

「행원」이란 말의 뜻을 몰라서 옮겨 적으며 다르게(행운?) 적었는데 전선순 선생님이 친절히 설명해 주셨습니다. (저한텐 늘 친절하셨습니다)

왜 했는지 지금도 모르는 요란했던 이 숙제, 저만 한 건 아닐 건데 왜 저만 기억할까요…?

연탄길을 걷다

1

인천둘레길 11코스라는 소위 연탄길을 걷고 있습니다. 아직 오전인데도 햇빛이 뜨겁지만 아내가 며칠 전 사 준 라이방(?) 선글라스 끼고 걷는 발걸음은 가볍습니다.

연탄길 초입, 영화초등학교 운동장에 서 있습니다. 6학년이었던 76년 5월의 봄날, 당시 5학년이었던 김○○ 후배를 처음 만났던 그 날의 운동장이 창영국민학교가 아니라 영화국민학교였음을 이제야 알았습니다. 왜 창영국민학교로 기억했는지 모르겠습니다.

운동장을 새로이 단장하고 건물이 증축된 것 빼고는 기억 속 모습 그대로입니다. 오히려 모교인 송림초등학교 교정이 낯선 것 때문에 서운하지만, 뭐 어쩌겠습니까. 5학년 8반, 건물 계단 옆 뚱땡이, 우글우글 개미들…. 뭐 이런 것까지 영화국민학교 교정의 그날이 기억나는 건 아무래도 정상은 아니겠지요?

2

배다리 헌책방 한 미서점 앞에 서 있습니다. 한껏 멋부린 차이나 아가씨 둘이서 도깨비 공유에 홀려 찾아온 이곳에서 연신 사진을 찍습니다. 전 이곳에 어려 있는 추억들로 인해 마음이 아련해집니다. 중딩 시절 오락실에서 책가방을 잃어버리고 아버지한테 혼났는데, 나중에 제 책이 거기 있었습니다. 그녀 K가 읽던 제목도 모르는 그 녹색 표지 책을 찾느라고 헌책방을 다 뒤졌던 것도 우습지만 제겐 애틋한 기억입니다.

옆 아벨서점의 퀘퀘한 종이 냄새가 좋습니다. 책 한 권 사려다가 그만두었습니다. 샀다면 아마도 추억을 산 게지요. 그리고 보니 오랜만에 헌책들입니다. 어허 어허…. 헌책방 거리 나와 큰길 앞에 저 국민은행, 아직도 있네요.

 초등학교 근처 어
릴 적 보던 큰 집이
아직도 있습니다.

학교 담벼락 따라
윗길로 폐허처럼 변
했지만 모습은 그대
로입니다. 어릴 적, 이런 큰 집에는 누가 사는지 늘 궁금했었습
니다.

이 집 앞에 야바위꾼이 있었는데, 손에 쥔 긴 고무줄과 짧은 고
무줄 두 개 중에 긴 고무줄을 골라야 돈을 받을 수 있었지만 아이들
은 늘 짧은 줄만 뽑고는 피 같은 돈을 날렸습니다. 어떻게 장난치
는 건지는 5학년이 되어서야 알았지요.

저랑 그닥 친하지 않은 아들 녀석 초딩 때 그 속임수 제가 해 봤
는데 금세 눈치채던 걸…. 왜 저희 때 초딩들은 잘도 속아 넘어갔
을까요?

아들 녀석이 특별히 머리 좋을 일은 없으니, 그 옛날엔 다들 순
수했었던 걸로 해야겠지요. 아님 말고요….

바닷물이 들어오던 옛 수문통 하천길입니다. 지금이야 복개되어 그 흔적이 없지만 하천길 따라 놀던 어린 시절이 기억납니다. 하천으로 내려가기엔 높이가 높아서 종이배를 던져 띄우고 따라 뛰며 놀았습니다. 더러는 진짜 배를 보자며 친구 여럿이 인천교까지 걸어갔던 게 생각납니다. 저 동네는 비만 오면 상습 침수 구역이라 허리까지 찬 물을 헤치며 걷던 것도 기억납니다.

비가 오는 날이면 전동, 인현동 쪽 아이들이 갖고 놀다 하천으로 빠졌던 축구공이 수문통으로 흘러왔기 때문에 수문통 지역 아이들은 공을 돈 주고 살 일이 없었다는 얘기를 누군가로부터 들은 기억이 납니다. 지금은 복개되었지만 아파트 옆 밑으로는 아직도 수문통 하천이 지나가고 있다 하고, 시에서 하천 복원에 대한 계획도 논의 중인 모양입니다.

어느 선배님이 그러시더라고요. 물이 흐르던 하천이었음을 증거하는 흔적이 하나 남아 있으니 찾아보라고요. 당연 궁금해서 찾아

보았지요. 어렵지 않게 찾았습니다. 「송현교」 하천 위에 다리가 있었음을 쓸쓸한 이 표지석이 상징합니다. 표지석이 반가워서 표지석 바로 앞 카페에서 이천 원짜리 자몽주스 한 잔 마시며 잠시 옛 생각했습니다. 한두 살 어렸을 ㅇ미영 동생 종철이는 나랑 놀던 수문통을 기억하는지요.

그런데 말입니다. 표지석 하나를 사진 찍고는 집에 와서 생각하니 표지석이 건너편 쪽에 하나쯤은 더 있겠다 싶습니다. 머리가 나빠 그걸 생각 못 했으니 다시 가 봐야겠습니다. 확인하러요.

5

"익숙한 듯 정겹지만, 한편으로는 점점 낯설어지는 그 골목에서 나는 위태로움과 안타까움을 함께 느낄 수 있었다."

– 권창식 환경운동가

바쁜 날들을 살아가다가 언뜻언뜻 떠오르는 오래된 일상

들이 있습니다. 그러다 돌아보면 내가 너무 멀리 와 있더군요. 맘 먹고 찾아간 날, 그 옛날 같지 않습니다. 변한 건 하나도 없어서 너무나 반가운데, 어릴 적 그곳이 아닌 건, 아마도… 이곳에 내가 홀로 서 있기 때문일 겁니다.

인천 송현동 양키시장, 당시 태양당 약국 뒤쪽 중앙시장이라 불렸던 이곳은 그릇상가, 혼수상가 그리고 소위 양키시장으로 권역이 구분되어 있었습니다. 양키시장에서 미제 물건 살 일은 없었지만 옷 수선하러 누나 따라 많이 다녔지요. 어두운 조명 아래 빽빽이 들어선 수많은 가게들 모습이 지금은 어떻게 변했을지 몹시 궁금합니다.

6

동인천역 광장 전화부스에서는 가끔 싸움이 있었습니다. 뒷사람 아랑곳 않고 끝날 줄 모르는 통화에 쌍욕하다가 엉겨 붙는 거…. 뭐 순박했던 시절에 가끔 아주 가끔인 걸로 해야겠습니다. 그 광장이며 시계탑이며, 여느 기차역 대합실과 별반 다르지 않던 동인천역 대합실이며, 어디고 정겹고 아련하지 않겠습니까? 그 대합실에서 가방인지 지갑인지 잃어버리고 울며 뛰어다니던 순박한 시골 청년은 지금은 70대 할아버지가 되셨을 겁니다.

광장 한복판에서 엄한 아이에게 약을 먹이고 그 수많은 사람들 앞에서 아이의 엉덩이를 까고는 회충에 십이지장충을 잡아 뽑는 아주아주 야만적 쇼를 하던 약장사를 둥그렇게 모여 서서 아무렇지 않게 구경하던 참 어리숙하던 시절이 있었습니다. 불조심에 반공방첩 목재 구조물과 몇 번 자리를 옮긴 시계탑은 늘 만남의 장소였지요. 시계탑이 아니고는 대한서림 정도 되어야 사람을 만날 수 있었습니다.

율도에서 목욕탕을 가기 위해 버스를 타고 나와 동인천까지 때수건을 들고 오던 친구 녀석은 시계탑에서 나를 기다리며 투덜거렸습니다. 걸어서 족히 20분은 걸리겠구만 동인천 살면, 엎어지면 코 닿을 데라고 하면서 말입니다. 부평이든 가정동이든 주안이든 약속은 동인천이어야 맛난 거 먹고 음악도 듣고 예쁜 여자 구경할 수 있었습니다.

군에 입대하던 날 동인천역 광장에서 이별하며, 아무래도 친하지 않던 아버지의 생각 못 한 닭똥 같은 눈물을 보던 그날도 광장엔 시계탑이 있었습니다. 광장 마주 보고 왼편으로 파출소 옆옆에 커피숍 이프를 항상 만약다방이라 불렀던 스포츠머리에 기름 발라 넘기고 배꼽바지 펄렁거리던 날라리 그 형은 요즘은 뭐 하며 사는지 왜 궁금한 걸까요…?

그날들의 봄, 여름, 가을 그리고 겨울

1

"주민들의 정과 땀으로 이루어진 원도심의 소멸이 아니라 지난 삶의 추억을 공유하는 방향으로…." 어쩌고 하지만, 한번 재개발이 되면 다시는 눈으로 볼 수 없는 추억이 되겠지요. 혹시나 놓친 게 있나 해서 사진에 열심히 담다가 이 길에 주저앉았습니다. 제 마음으로는 하나도 변한 게 없더군요. 그날의 등교길조차도….

아침마다 마주치는 동년배 제물포고생이 있었습니다. 서로 집과 학교가 반대 방향이다 보니 마주보고 지나쳐 갔지요. 어찌나 시간이 정확했는지 항상 이 길에서 스쳐 지나갔습니다. 어쩌다 안 보이는 날이면 어디가 아픈가 했습니다. 술에 절어 못 일어났을 리는 없겠으니 말입니다. 지나치며 서로 짓게 되는 야릇한 그 표정은 고삐리 동료의식(?) 뭐 그런 거 아니었을까요. 마음 같아서는 지금 봐도 금방 알아볼 수 있을 것도 같지만 그렇기야 하겠습니까?

아무튼 이름도 모르는 그 제고생, 잘 살아가고 있길 바라며 쓸데 없이 쓴 쐬주 한잔 권합니다.

- 2018. 10. 24

2

이렇게 짧은 골목이 아니었는데 이상하리만치 거리가 얼마 안 됩니다. 이 골목에 살다가 윗동네로 이사한 그 누나를 처음 본 게 중1 때였으니 아마도 그때까지는 그 누나도 중학생이었나 봅니다.

영화초등학교 교정에서 만난 1년 후배의 이름 석 자 알고 싶어서 배○수 후배에게 후배의 졸업앨범을 빌린 것도 이 골목이었습니다. 이 골목 안에서 때때로 늦은 밤, 어린 중학생이 덩치 큰 고딩들에게 둘러싸여 주머니를 털리던 것도 어쩌다 어쩌다, 아주 어쩌다였습니다.

이 골목을 내려가 꺾어지면 어느 골목과 어느 길로 이어지는지 가늠해 보았으나 그때완 사뭇 다른 풍경 때문에 온전히 알지 못하겠습니다. 하기야 이어지고 열리고 다시 이어지다가 만나게 되던 수많은 골목과 골목들을 어찌 다 기억하겠는지요. 어떻든 이리저리 꺾어지든 내려가기만 하면 송림초등학교 길이었습니다.

그나저나 수도국산 관통터널(?) 때문에 기억이 송두리째 절단 난 옛 언덕 밑, 제 등교길이었던 코피 터지던 그날 아침의 그 골목길은 찾아지려나 걸어가고 있습니다.

3

송현동 미성각을 지나자마자 바로 꺾어지는 골목 안입니다. 왕ㅇ숙 동창이 살던 집은 사라지고 풀만 무성합니다. 이 골목은 좁은 데다가 어두워 어려서 특히 무서웠습니다. 이 골목 끝 계단 위에는 가끔 바바리도 입지 않은 채 바지를 내리던 정신없는 아저씨가 있었습니다. 치사하게도 여자들 앞에서만 바지를 내려서 제가 맞닥뜨린 적은 없지만 말입니다.

지금은 송현성결교회 담으로 막혀 옛 흔적이 전혀 남아 있지 않지만 계단 끝 왼쪽으로 골목에 다섯 집이 있었습니다. 두 번째 집에 초등학교 5학년까지 살았습니다.

그 골목은 내동에서 이사 가 살던 취학 전 그리고 초등 저학년의 제 일상이 고스란히 잠겨 있는 곳이기도 합니다. 비석까기, 구슬치기, 자치기, 딱지따먹기 등등 시간이 부족해서 그렇지 놀건 많았습니다.

세 번째 집에는 현자 돌림 세 형제분이 사셨습니다. 아버님이 경찰이셔서 제가 무서워했던 게 생각납니다. 아울러 키 쓰고 그 집에 소금 얻으러 간 것도 기억나네요. 큰형님, 둘째 형님은 워낙 나이 차가 있어 같이 뭘 한 기억이 별로 없지만 셋째 현구 형은 늘 같이 놀았습니다.

다섯 번째 집에 살던, 삼촌이 동인천에서 허바허바 사진관 하던 미영이와 종철이 백씨 남매와도 같이 놀며 자랐지요. 그리고 네 번째 집에 살던 한 살 차이 형이 도대체 이름이 생각나지 않습니다. 나한테 뭐 잘못한 게 틀림없습니다. 그나저나 소금 얘긴 괜히 했지 싶습니다.

동인천 나가는 송현교회 언덕길. 여기만큼 추억이 많은 곳도 없겠습니다. 이 길이 오랫동안 이 모습이었지만 검은색 타르 덕지덕지 칠해진 나무합판으로 울타리 쳐진 복잡한 골목길이었던 걸 기억하시나요. 아마도 제가 미취학 아동 시절이었을 겁니다. 교회도 당시엔 이 모습은 아니었습니다.

정문 쪽에 마당에서 높다란 계단을 올라야 본당이 나왔습니다. 본당 안 앞쪽에 양옆으로 두 개의 큰 그림이 걸려 있었는데 왼쪽엔 여러 명의 사람이 예수를 둘러서 있었고 오른쪽엔 깍지 낀 예수님이 바위에 마주 보고 기댄 채 하늘을 올려다보고 있었습니다. 제가 그때 예수를 알았는지는 확실치 않습니다.

언젠가 인형극 때문에 계단 아래 아이들을 줄 세우고는 교회 언니가(전 누나가 아니라 다 언니라 불렀습니다) 젤 어렸던 저를 먼저 올라가 앞자리에 앉으라 했습니다. 힘들게 계단을 올라 본당 맨 앞자리에서 제가 앉은 곳은 맨 오른쪽 예수님 그림 앞이었습니다. 그

그림 속에서 오늘 보게되는 뭔가 장면들이 나올 거라 생각했거든요. 인형극은 앞 중간에서 칸막이 쳐진 큰 박스 속에서 이루어졌고, 전 전혀 볼 수가 없었습니다.

그때나 지금이나 줄은 잘 서는데 실속은 없습니다. 머리가 나쁜 건 여전하거든요. 그리고 보니 내가 덜 돌려준 황금박쥐 딱지 때문에 윤태 형과 그 동생 준태가 날 잡으려 뛰던 곳도, 바로 이 언덕길이었습니다.

5

어느 길로든 내려가기만 하면 송림초등학교 가는 길이었지요. 이 길도 마찬가지였습니다. 옛날 모습 그대로 하나도 변한 게 없습니다. 좌측으로 사철이 집과 그 골목 뒤로 영삼이 집에 놀러 가느

라 자주 왔었지만 6 학년 때는 어느 후배 때문이기도 했습니다. 사진 골목 안쪽 저 집 앞 골목이 후배의 주 무대였습니다. 후배 보러 자주 간 걸 고백하자면 사실은 그 후배가 '글씨 잘 쓰는 오빠'라고 부르는 것 때문에 우쭐한 마음 때문이었습니다. 유치했지만 말입니다.

수도국산 꼭대기야 말할 것도 없지만, 이 길 밑으로는 변한 게 많아 옛적 길과 비교하기가 어렵습니다. 마당 빨랫줄에 지도가 그려진 이불과 당시 흔치 않던 마루 위 냉장고가 생각나는 형동이네 집은 여기였나, 아니 저기였나 그랬습니다. 형동이네 집이 가늠되어야 그 옆 뒤로 희윤이네도 한약방집도 떠오를 텐데 말입니다. 3학년 때 이민 간 한약방집 딸은 어느 하늘 아래서 살아가고 있을까요…? 가상의 인물도 아닌데 그렇게 예뻤던 걸 왜 나만 기억할까요.

암튼 원래 있던 자리에 있던 게 있어야 마음이 편해지는데, 그 자리가 비거나 다른 게 차지하고 있으면 마음이 허전해집니다. 수도국산 밑으로 현대극장 방향으로 가기 위해 지나가야 했던 제 등교길. 혜란이 집 앞 골목 또한 전혀 가늠키 어렵습니다.

그 집 지나 10미터 지점에 늘 손수레 한 대가 있었는데 기울어져 있어 손잡이 부분이 제 얼굴 높이였던 걸 미처 보지 못하고 걷다가 정면으로 부딪혀 쌍코피 터졌습니다. 뒤에 지나가던 20대 중반 누나가 가방에서 낡은 손수건을 꺼내 건네주고는 갔는데, 아침부터 피를 보느라 정신없어 고맙다는 인사도 못 했습니다. 지금은 복받으며 잘 살아가고 있을 겁니다. 아무렴요.

뭐 하느라 못 보고 박았냐고요? 영어단어장 보고 걸어가고 있었다고 하면 아무도 안 믿겠지요. 네, 그렇고말고요. 아무도 안 믿겠네요.

6

이 작은 언덕만 생각하면 마음이 애잔해집니다. 수도국산 밑으로 등교길에 늘 마주치는 제고 학생 말고, 그전에 이 언덕에서 늘 그녀를 마주쳤습니다. 집과 집 사이 100미터. 어찌나 그녀의 시간이 정확했는지 이 언덕 아니고는 조금만 시간이 늦으면 그녀의 먼 뒷모습만 볼 수 있었습니다. 도시락 싸는 엄마를 재촉했던 기억과 푸르스름 책가방, 커다랗고 하얗던 교복 칼라가 아련히 떠오릅니다. 그때 전 열일곱, 대한민국 고등학교 1학년이었습니다.

7

이른 아침부터 쉼 없이 걸은 통에 다리가 아픕니다. 수도국산 반대쪽. 이곳은 제 나와바리는 아니어서 특별한 추억이 있는 건 아닙니다. 다만 현대시장 쪽에 놀러 다닐 때 오르내렸을지 모르겠습니다. 가파른 언덕 중간에 어린이 공부방에서 선생님 목소리가 길에까지 들립니다. 풋풋한 여고생 서너 명이 언덕 중간에 앉아 있길래 오르다 말고 땀도 식힐 겸 따라 앉았습니다.

등에 멘 배낭을 풀고는 이마트24에서 산 아이시스 생수 한 모금들이켰습니다. 이 언덕에 별 기억은 없지만 고향에 온 듯 마음이 편해집니다. 산들바람이 시원합니다. 이른 시간부터 걷고 걸어 엄마집에 가는 길입니다. 그 중간에, 이 언덕을 넘어 조만간 송두리째 없어질지도 모르는 송현, 송림동의 어린 나를 다시 보러 갑니다.

변하지 않은 채 그대로 있는 길과 골목도 있을 테지만 여기가 어디인지 알 수 없는 곳도 있겠지요. 그렇다 하더라도 뭐 하나 그 시절을 잊은 게 있을까요. 혼자 하는 시간 여행. 애틋함, 아련함. 저는 1975년의 그 하늘을 지금 보고 있습니다.

8

해동약국. 66년 개업했다 하니 얼추 저랑 같이 늙어 갑니다. 그 세월의 흔적이 곳곳에 묻어나고 뭔가 정리되지 않은 듯 가게 안이 애잔하고 따듯하게 느껴집니다.

약사 아저씨도 그렇게 세월을 고스란히 안으셨습니다. 그 옛날, 말투는 어눌하고 말을 급하게 하는 스타일이셨지만 그래도 약에 대해서는 할 말 다 하셨지요. 이건 이렇게 먹고 이건 이걸 조심하고…. 생각해 보면 젊은 시절 근방에선 안 빠지는 미남이셨습니다. 마음 같아서는 인터뷰(?)라도 하고 싶었지만 그놈의 울렁증 때문에 몇 마디 못 여쭸습니다.

해동약국 박카스는 다른 곳과 맛이 다를 것 같았는데 마셔 보니 같은 맛이네요.

9

해동약국 맞은편 골목 안입니다. 이 골목에 오면 송현시장 쪽 아이들을 볼 수 있었습니다. 착했던 용선이가 살던 사진속 집 바로 앞에 우물이 있었습니다. 옆옆으로 시장 안에 있던 우물 말고 말입니다. 언제 우물이 없어졌는지는 알 수 없으나 두레박 퍼 올리던 진짜 우물이었습니다.

이 골목에 자주 다니다가 발을 끊은 게 용선이 때문이었습니다. 뭔 놈의 초등학생이 한자를 많이도 알았는지 보이는 문패마다 읽고 다니고, 뭔 놈의 그 동네는 아저씨들이 오지랖도 넓으셔서 우물 앞에서 놀고 있는 용선이에게 한자를 써 보라 하고, 용선이는 하늘이고 땅이고 검고 누르고 척척 써 보이고…. 아무 죄도 없이 그 옆에 쪼그리고 앉아 있는 저랑 비교하는 통에 마음의 상처(?)가 심했습니다.

머리 나쁜 저하고는 근본적으로다가 머리 구조가 다른 용선류와 재수탱이(?)들은 동네에 더러 있었습니다. 그래도 용선이 참 착했습니다. 아, 농아닙니다. 진짜 재수탱이는 제가 사는 집 앞 골목에까지 와서는 과목은 모르겠으나 사회과부도에 나오던 학교, 논, 광산 같은 지역이나 건물의 그림표식을 다 안다고 자랑해서 꼭 비교되게 만들던 ㅇㅇㅇ라고 있었습니다. 이름은 알지만 담에 공표하렵니다.

약국 바로 맞은편에 살던 경희는 고딩 친구 녀석이 잃어버린 지갑을 주워 돌려준 녀석 학교 후배, 그 후배의 선배 언니, 그 선배 언니의 여고 동창 친구였던 인연으로 88년 한 차례 신포동 블랙박스에서 만난 적이 있었습니다. 변한 게 거의 없는 시장 초입 그 동네를 가끔은 생각하며 살아갈는지요.

"찬수를 찾습니다."

송현동 순대골목을 지나다 사진 한 컷 찍었습니다. 타지에서 동향을 만나면 남자들은 대개 출신 고등학교를 따져서 서열을 정리하려고 하지요. 하지만 초등학교를 따지는 경우는 거의 없습니다.

부모님께서 이 골목에서 장사하셨던 인천 출신 찬수는 제가 말년 병장이었던 시절 제 소속 부대로 입대했습니다. 고등학교는 따져 본 것 같은데 국민학교 어디 나왔냐고는 한 번도 물어본 적 없었습니다. 이 순대골목을 지나다 제대 후 몇 번 들러 찬수의 소식을 전해 주었던 1988년의 옛일이 생각납니다. 문득 찬수도 송림초등학교를 나왔을 거라는 생각이 듭니다. 아무리 생각해도 찬수네 가게가 어디였는지 모르겠습니다. 뭐 하며 사는지….

혹시 순대골목 아들 '찬수'를 아시나요?

송현성결교회 위쪽에
서 송림초등 방향으로
내려가는 길입니다. 언
제부터 이 모습이었는
지 모르나 원래는 이렇
게 생긴 길이 아니라 골
목길이었습니다. 어둑
해지면 벽에 달라붙어
있는 연인들도, 술에 취
해 노상 방뇨하는 아저
씨도, 어린 학생들 주머

니 털던 못된 XX들도 있었지요.

1971년 제가 초등학교 1학년 시절, 막 입학이란 걸 하고는 처음
얼마간 엄마는 이 골목 위에서 절 배웅했었습니다. 교회 앞 중간
골목 안에 살았던 저의 엄마와 교회 앞 길가에 살았던 수○이 엄마
가 친해서 같이 학교를 보냈는데, 이 긴 골목 내리막길을 전 앞장
서 걷고 다리가 불편했던 수○이는 뒤처져 걸어 내려오고 뒤돌아보
면 불편한 다리를 끌고 내려오는 수○이 뒤로 두 엄마의 표정도 보
였습니다.

삼십 대 초중반이었을 두 여자의 그때 그 표정 지금도 기억난다 하면 안 믿겠지요? 다리가 불편했던 수○이와 같이 걷지 않은 건 다른 이유가 아니라 그때까지 교류가 없던 수○이가 그냥 쑥스러웠기 때문입니다. 그리고 골목을 벗어나 그대로 각자 학교 갔습니다. 참, 쿨~ 했습니다. 참 내….

12

이 집 옆에도 집이 있었으나 지금은 아무것도 없습니다. 집과 집 사이 100미터…. 선생님이라 불렀던 이 집 살던 권○○ 형님도 잘 살아가고 계시겠지요.

「송림동 184-14」 대문에 이렇게 쓰여 있습니다. 이 집이 아직도 그 모습 그대로인 게 신기합니다. 아무도 살지 않는 폐가이며 철대문에는 자물쇠가 걸려 있습니다. 마당에는 풀이 자랍니다. 비록 누구는 그 먼 옛날을 기억 못 하지만 제겐 어린 날의 애틋함, 그런 것 때문에 각별합니다.

　아침에 일어나 마당에서 세수를 하는데 엄마가 그러더군요. 윗
동네 아저씨 좀 전에 세수하다가 쓰러지셔서 돌아가셨다고요. 멍
했습니다. 옷을 대충 걸치고 집을 나섰다가 돌아섰습니다. 구경할
일이 아니었는 데다가 그녀가 정신없을 테니까요. 이 집 앞에서 그
날 아침이 디테일로 떠올랐습니다. 그날 전 상인천중학교 2학년생
이었습니다.

13

　　　　　　　　　　송림초등학교 앞 34회
　　　　　　　　　　차ㅇ이 쌍둥이 누님들 있
　　　　　　　　　　던 구 송림목욕탕을 끼고
　　　　　　　　　　직진해서 오래된 구멍가
　　　　　　　　　　게 앞 막다른 이 골목에는
　　　　　　　　　　세 개의 집이 있었습니다.
　　　　　　　　　　1980년 고등학교 1학년.
　　　　　　　　　　그중에 한 집에 살던 애란
이와 그 골목앞 도로에서 마주치면 그랬습니다.

　"오랜만이네, 잘 지내지?"

그리고 할 말이 없어서 운동화 바닥으로 땅만 긁다가 돌아섰습니다. 아주아주 오래되고 특별했던, 그날들의 동화를 나이 든 애란이는 기억하지 못합니다. 그날들의 봄, 여름, 가을 그리고 겨울….
이 골목 앞에 서서 어린 날의 동화를 추억합니다.

14

어려서 잘 몰라 수도곡산으로 불렀던 수도국산은 많은 게 바뀌어 박물관에나 들어가 있습니다. 관통터널이 생기고 옛 모습뿐 아니라 제 기억도 송두리째 절단났습니다. 위 사진은 터널 입구 오른편 바로 옆입니다. 얼추 수도국산을 오르던 가파른 언덕 밑이 여기쯤 아닐까 싶습니다. 언덕 밑에 서서 좌측으로는 송림성당 방향이고 밑으로는 송림초등 가는 길이며 우측으로는 현대극장 방향이었습니다.

전 언덕 밑을 가로질러 현대극장 방향으로 등교했습니다. 저 언덕 밑 언덕 위로 수많은 동창들이 살았습니다. 그나마 조금만 올라가 좌측으로 나 있던 상호가 살던 좁은 골목은 아래 사진처럼 그대로 있는 듯합니다. 오른편으로 혜란네 집 앞 흔적은 가늠키 어렵습니다. 어짜피 송현, 송림동이 통째로 변할 텐데 서운해서 뭐 하겠습니까?

어느 길, 어느 집이나 있던 반공, 방첩, 불조심, 개조심에 영화 포스터. 비 오고 눈 내리고, 이 언덕을 오르내리던 수많은 사람들. 다 어디로 갔을까요…? 뭐 하며, 뭐 생각하며 살아가는지요. 빈집에 빨간색 페인트 X가 을씨년스럽습니다. 오늘, 수도국산 꼭대기에 살다가 송현교회 앞으로 이사 왔던 고 ○○숙 친구를 추모합니다.

15

미성각. 영업은 멈췄지만, 간판과 더불어 그 모습 그대로 그 자리를 지키고 있습니다. 원래 있던 자리에 있던 게 있으니 마음이

따듯해집니다. 이곳
의 그날들을 다음 글
로 대신합니다.

*

　미림극장 그리고
옛 오성극장 중간 중
앙시장 들어가는 큰
길 맞은편에 있던 송
현한증막은 7살 때
어머니 따라 들어간
적 있었는데, 가마니
를 온몸에 두르고 고개를 푹 숙인 채 들어가면 토굴 같은 곳이었습
니다. 그때 너무 무서워 다시는 안 갔지요. 어머니 말씀으론 그 한
증막 80년도 더 되었을 거라 하니 대단합니다.

　송현한증막을 지나 옆에 옆에 오랫동안 자리를 지킨 동네 빵집
자리는 원래 부원식당이었습니다. 그 옆으로 시장 초입 막걸리 도
매상에서 양은주전자에 막걸리 심부름 많이 했습니다. 흙바닥을
파 땅속에 박아 놓은 항아리에서 물주걱으로 떠서는 주전자에 담아
주었죠. 그 옆으로 미림의원이 있었습니다. 엄청난 거구의 의사 아

저씨는 진료 시간이 아니면 늘 술(?)에 취해 있었습니다.

　그 맞은편 쪽으로 미성각이라고 행사 때나 갈 수 있던 중국집이 있었습니다. 하루는 다른 동네 살던 6촌 형이 찾아와 미성각에서 자장면을 사 줬는데, 다 먹고 나오기 전 식탁 위에 자장으로 「맛없다」고 낙서하는 장난을 쳐서 나오기까지 가슴이 콩닥콩닥했었습니다. "엄마 10원만…." 하던 시절에 돈이 어디서 났냐고 그 형에게 이제껏 묻지 못했습니다. 초등입학 전 30원으로 기억하는 자장면 값은 70년대 중반이었던 그날 200원이었습니다.

16

송현성결교회 아랫길입니다. 동인천역 방향이 아니고는 모든 길은 수도국산으로 향하게 되어 있었습니다. 저 길 오른쪽 저쯤 청산한의원 자리 밑에 얼음집이 있었습니다. 냉동창고에 '어름'이라 페인트로 크게 쓰여 있고, 한여름에 아저씨는 커다란 톱으로 얼음을 네

모나게 썰어서 새끼줄에 묶어 주고는 아이들에게는 녹기 전에 빨리 가라 했지요.

낮부터 거나하게 취한 아버지들은 귀가길에 얼음 한 덩어리 묶은 새끼줄을 들고는 비틀거리며 걸었습니다. 그 얼음을 대바늘, 송곳으로 쪼개서 미숫가루 타 먹고 수박화채 먹었던가요. 그러니 마루 냉장고에서 얼음 꺼내 먹던 형동이네가 부러웠겠지요.

문득 스물일곱 신혼방에 냉장고를 처음 장만하고는 처음에 한 일이 냉장고에 이런저런 음식을 넣는 게 아니라 위쪽 냉동고에 물 한 그릇 넣어서 얼려 본 거라는 어느 작가의 말이 생각납니다. 어린 시절 한여름에 얼음은 그런 것이었지요. 집에 가는 길에 빽다방에서 각얼음 띄운 고소한 미숫가루나 사 먹어야겠습니다. 추우려나요.

17

송현시장 쪽에서 수도국산에 오르는 언덕입니다. 이 언덕에 겹겹이 쌓인 추억들을 어찌 말로 다할까요. 누구는 남 동네 뭐 하러 그리도 싸돌아다녔냐지만, 책과는 안 친했던 제 과 부류들은 다 이해할 겁니다. 허구한 날 노느라 남은 건 없지만 말입니다. 혹시나 화평동, 인현동, 금곡동, 창영동에 현대시장 통에서 인천교까지

같이 싸돌아다니던 옆자리 아이가 누군지 생각이 나지 않거든 저라 생각하세요.

사진 속 이 언덕이 이 모습일 리 없습니다. 더 가파르고 높아야 하고요, 낡은 철재 난간들 아래로 빼곡한 집들 좁은 마당도 보여야 하고요, 언덕 중간중간 좁디좁은 터지든 막히든 골목들이 있어야 하고요, 때때로 못생긴 아이들이 그 골목 안에서 치고 박고도 해야 하지요. 난간에 서면 멀리 송현교회 첨탑도 보이고 길가에 둘러앉은 할머님들도 계셔야 하겠지요.

중턱에 두식이네 집 앞에서 시끌벅적 떠들다가 세철이고 창수고 수도국산에서 내려온 아이들과 수문통 하천으로 몰려가면 용덕이든 택진이든 송현시장 아이들에 생면부지 인현동 쪽 아이들도 몰려와 있었습니다. 종이배 흘려보내던 그 시절, 수문통 하천길도 복개길 밑에 앉아 그날들을 추억하겠지요.

18

송림초등 윗길로 당시 조민형한의원 자리 건물 지나 끝 오른편 골목입니다. 원래는 보이는 담벼락에 집들이 붙어 있었습니다. 마당 좁은 집 고동색 나무 대문 바로 앞 문간방에 초등 3학년 김종미 선생님이 자취를 하셨습니다. 여자아이들이 그 방에 들락날락했던 게 기억납니다.

골목은 다 바뀌어서 그때의 흔적을 돌아볼 수는 없습니다. 굳이 그 집이 아직 있는지 확인했던 건, 당시에 선생님이 제게는 좀 특별했기 때문입니다. 제가 쓴 일기장을 교실에서 공개적으로 읽어 주셨던 건 온통 문제아 인생이었던 삶에서 처음이자 한 손에 꼽을 몇 번 되지 않던 칭찬 중 한 번이었으니까요. 그런데 그 일기는 누나 일기장에서 몰래 베껴 쓴 것이었습니다.

그 후로 일기 열심히 썼냐고요? 아니요, 열심히 베껴 썼습니다. 그도 노력이 필요한 일이었지요. 도대체 생활 패턴이 맞질 않아 베끼면서 속으론 그랬습니다.

'우씨, 난 왜 형이 없는 거야.'

1973년에 처녀 선생님이셨으니 지금 얼추 70세 정도 되셨을까요? 아련해집니다.

19

그 에필로그

골목은 그 모습 그대로 거기 서 있지만 몇 년 사이에 제대로 폐허가 되었습니다. 사람들이 떠나고 나니 냄새도, 개들도, 개똥도 없습니다. 빈집 대문과 벽에 ○X 페인트칠이 이 골목의 생명이 다했음을 이야기합니다.

전 유년기와 10대, 20대를 송현동, 송림동에서 보냈습니다. 졸업은 못했지만 송림성당 새싹유치원을 다녔으며 송림국민학교를 졸업했습니다. 다 큰 아들 녀석과 대화가 잘 통하지 않을 때마다

39년전 그 골목의 아침 냄새가 여기 고스란히
내려앉는다.

내 머리가 기억하는 모습 그대로 이 골목길은 무심히
서있다.
동네 똥개 조차 영역표시를 잊고는 사라져버린 이 골목은
내 가슴처럼 날 기억하는가..
     - 2014. 9.13 이른 아침. 송현동에서

내 아비를 생각합니다. 아파트 어린이 놀이터 그네에 걸터앉아 고개를 숙이고 있는 젊은이를 베란다에서 내려다보면서 지금은 없어진 송림성당 마당 시소에 걸터앉은 나를 봅니다.

이 골목, 이 동네엔 내 인생뿐 아니라 내 아비의 인생도 있었더랬습니다.

그래서 이제부터 말하고 싶어집니다. 송림동, 송현동 이곳이 내게 무엇이었는지. 선배, 후배, 동기들의 공감이 있다면 말입니다. 나이가 들었기 때문이기도 하고요. 내 인생에 누군가의 인생도 같이 쟁여서 말이지요. 시작은 제가 하고요, 열린 마음으로 들어 주시면 못다 한 이야기 제대로 하겠지요.

전 지금 송림성당 돌계단에 앉아 있습니다.

− 2018. 11. 2

소설
『A와 B의 이야기』

1

   그날 밤, 난 갈 데가 없다는 걸 알았다. A는 밤늦어서야 귀가했다. 어머니가 밥상을 A 앞에 내려놓으며 불안한 표정으로 날 바라본다. 하지만 난 그런 그녀가 더 불안하다. A는 식사를 하며 아무런 말이 없다. 그 앞에 무릎 꿇고 있는 내가 무언가 말을 해야 한다는 걸 알지만 아무 말도 나오지 않는다.

   어색한 침묵이 흐르고 A의 일그러진 얼굴을 마주한 순간, A는 들고 있던 숟가락을 밥상에 던져 버린다. 쨍그랑, 요란한 소리를 내며 튕겨져 버린 숟가락이 자개장 문짝에 부딪쳐 떨어지고 허겁지겁 어머니가 핏빛 얼굴로 방문을 열고 들어선다. A는 돌아앉아 분을 삭이고 있다. 어머니가 무어라 말을 하고 있지만 내 귓가엔 아무런 소리도 들리지 않는다. 난 아무 말도 못하고 일어서 나왔다.

   밤공기가 차지만 세상은 그대로다. 어제처럼, 아니 그보다 더 먼 어제처럼 세상은 바뀐 게 없다. 하지만 새삼스러이 고개 들어 바라본 내 눈의 세상은 온통 잿빛이다. 안 보이던 것들이 비로소 내 눈에 들어오고 세상의 모습이 온통 낯설다. 그런데도 세상은 바뀐 게 없다.

눈발이 내린다. 이 추운 겨울날 밤, 나는 갈 데가 없다는 걸 알았다. 공중전화기 너머 P의 목소리가 들리고 내가 그에게 묻는다.

"나 갈 곳이 없어. 재워 줄 수 있어?"

"…."

동전 떨어지는 소리가 딸깍거리고 공중전화기 너머 당황한 P의 표정이 보인다.

"왜? 집이라도 나왔어?"

"가서 얘기할게."

혹시나 P에게도 못 가게 될까 봐 서둘러 전화를 끊었다. 얼마 전 이사 간 P의 방은 내가 사는 집에서 고개를 두 개나 넘고도 가파른 계단을 헐떡이며 올라야 하는 달동네에 있었다. 작은 쪽문을 지나 P의 방 앞, 어색한 그의 얼굴 뒤로 P의 그녀가 내게 인사한다. 그녀가 있는 줄 알았으면 오지 않았을 텐데. 인사는 했지만 어색해진다.

"오늘만 재워 줘, 아침 일찍 갈게."

P의 그녀가 신경 쓰이지 않는 건 아니지만 지금 그녀를 의식할 처지가 아니다. 오래지 않은 어느 날, 그녀가 학원으로 날 찾아왔었다. 그녀는 어린 나이에 집 나와 홀로 객지에서 살았다. P를 통해 내 얘기를 듣고는 A가 자신의 아버지와 너무나 닮았다고 했다.

위로하며 위로받길 원한 듯했으나 난 그녀가 싫었다. 그녀의 처지도 그러했거니와 내 머릿속에서 그려지는 본 적 없는 그녀의 아버지란 사람도 싫었다. 내가 의아해하고 귀찮아하는 걸 느끼고는 당황해하던 그녀의 표정이 떠오른다. 고3 학생과 별반 다를 게 없는 재수생에게 뭘 기대했을까?

"다 큰 애가 집 나올 정도로 심각해? 대학이 인생의 전부는 아니잖아. 기회가 없는 것도 아니고."

P의 말에 대답하고 싶은 말이 많지만, 그보다는 지금 내가 몹시 졸립다. 방은 따뜻하다. 이불을 뒤집어쓰고 P와 P의 그녀가 내 얘기를 하고 있는 걸 들으며 나는 눈을 감는다. 나는 너무 피곤하다. 며칠 동안 못 잔 잠이 한꺼번에 몰려들고 있다. 어렴풋이 P의 말이 들린다.

"앞으로 어떻게 할지 생각할 시간은 많아. 우선 다 털고 여행이라도 다녀와. 남쪽 지방 가 봤어?"

남쪽 지방, 남쪽… 남…. 난 잠이 들었다.

*

B의 방에서 막 나온 아내의 표정이 심상치 않다. 소파에 앉아 있는 나를 물끄러미 쳐다본다.

"○○가 졸업여행을 가겠다는데 어떻게 할까?"

"누구하고? 어디로?"

"혼자서. 남쪽 지방에 가서 바다를 보고 오겠대."

서울, 인천, 그 근교 빼고는 어디도 혼자서 가 본 적 없는 어린 B가 저 멀리 남쪽 지방으로 여행을 가겠다는 말에 난 걱정이 된다. 혼자서 잘할 수 있겠느냐고 묻고 싶지만 이미 소용없음을 안다. 난 이내 포기하고는 그날 밤 B에게 물었다.

"어디로 갈지 정했어?"

"부산이 가고 싶어졌어. 거기서 바다를 볼까 해. 너무 걱정하지 마. 서너 밤만 자고 올게."

더이상 B에게 할 수 있는 말이 없다. 어차피 난 허락할 테고 어쩌면 여행이 아마도 B를 변화시킬 수도 있을 것이라는 생각이 든 때문이기도 하다. 그날 밤, B의 이름을 크게 쓴 편지봉투에 돈을 넣고는 B에게 내밀자 고맙다 인사한다. 이제 언제부터인지도 모르게 시간이 흘렀는데도 B의 무표정한 얼굴은 오늘따라 낯설다.

2

이른 새벽 P의 방을 나와 어머니에게 전화를 한다. 공중전화기 너머 제대로 잠을 자지 못했을 게 뻔한 그녀의 목소리를 들으니 순간 울컥해진다.

"선배 집에서 잘 잤어요. 그보다 며칠만 바람 쐬고 올게요. 지방에 있는 친구네 놀러 가기로 했어요."

"지방 어디? 이렇게 갑자기? 짐은 챙겨 가야지, 돈도 없잖아."

서울, 인천, 그 근교 빼고는 어디도 혼자서 가 본 적 없는 내가 지방으로 간다는 말에 그녀는 걱정을 하고 있다.

"남쪽 지방이에요. 걱정하지 마세요. 여럿이 가니까. 갖고 있는 돈이면 돼요."

그녀의 걱정을 덜 만큼 더 이상 할 수 있는 말이 내겐 없다. 서둘러 전화를 끊었지만, 정말로 내가 어디로 가려는지 잘 모르겠다. 버스터미널 앞, 부산행 고속버스표를 샀다. 한 번도 가 본 적 없는 부산이라는 곳.

*

B가 여행을 간 게 아니라 가출했음을 안 건, B가 집에서 나간 지 5일째 되는 날이었다. 휴대폰만 있으면 아무리 멀리 있어도 옆에 있는 것처럼 통화하고, 어디에 있는지 추적되는 시대에 B는 휴대폰도 끈 채 자신도 생소했을 편지 우편을 집으로 보냈다.

「전 잘 있어요. 제가 세상이 이해되는 상황이 오면 돌아갈게요. 걱정하지 마세요.」

6개월 전, B의 학교 담임의 호출이 있기 전까진 B의 문제를 알지 못했다.

3

　차창 밖의 부산 시내 거리는 내가 사는 곳과 별반 다를 게 없다. 바삐 움직이는 사람들, 아이를 둘러멘 아주머니, 손수레를 끌고 가는 할아버지, 정신없이 뛰어가는 까까머리 중학생들. 무작정 갈 수는 없는 노릇이다. 일단 버스에서 내려야 했다.

　학장동. 터미널에서 얼마나 떨어진 곳인지 모르지만 부산 시내를 많이 벗어난 모양이다. 뒤로 달동네의 모습이 들어오고 한참을 걸으니 썩은 물 냄새가 진동하는 개천을 따라 한 블록 뒤로 공장들이 빽빽이 들어차 있다. 겨울 바다가 보고 싶다는 생각과 함께 오늘 잘 곳을 구해야 한다고 생각하는 그 순간, 허름한 잿빛으로 된 공장 정문에 아무렇게나 붙은 구인 정보가 눈에 들어온다.

　「잡일할 임시직 급구함. 하○○벨」

　네 평 남짓 좁은 사무실 가운데, 난로 위로 양은 주전자의 물이 끓고 있고 거만하게 생긴 회색 작업복을 입은 남자가 날 위아래로 훑어본다.

　"돈이 필요해서 그러는데 며칠간 일을 도와드릴 수 있을까요?"

　남자는 내게 이것저것 물어보고 난 대답한다. 사무실 창문 너머

넓지 않은 작업실에 대여섯 명의 아주머니들이 분주히 일하는 모습
이 들어오고 앳돼 보이는 여자아이 하나가 사무실로 들어오다가 나
와 눈이 마주친다. 오랜 대화 끝에 부장이라고 불리는 회색 작업복
은 내일부터 나와 일하라고 한다.

사무실을 나와 공장 정문을 나서며, 나도 예상하지 않은 방향으
로 흐르고 있다는 생각이 들자 겁이 나기 시작한다. 내가 무엇을
하려는지 이제 나도 잘 모른다. 날이 어둑해지고 집으로 전화를 한
다. A다. A가 받기엔 이른 시간인데.

"말씀 못 드리고 나왔어요. 부산에 내려왔어요. 몇 주 머리 식히
고 올라갈게요."

이게 계획에도 없는 가출임을 나도, A도, A의 아내도 알건만 모
두 담담한 척하고 있다. 전화기 너머 A는 한동안 말이 없다. 그러
고 보면 언제부턴가 A는 늘 말이 없었다.

수십 년 하던 조상 제사를 걷어치우며 5촌 당숙의 멱살을 잡고,
집안 족보를 집 대문 밖으로 집어던질 때에도, 내 큰누이와 두 살
밖에 차이 안 나는, A와는 배다른 고모가 대학을 가겠다고 했을 때
여자가 무슨 대학이냐며 고래고래 소리 지를 때에도, A의 아내가
조그만 가게를 열었을 때 가게 물건들을 길 밖으로 집어던질 때에
도 A는 하고 싶은 말 다하며 사는 듯 살았는데, 그런 A가 말을 닫
고 있다. 전공학과는 ○○이어야 한다고 입버릇처럼 얘기하는 걸
무시하고, 내가 엉뚱한 방향으로 전공을 정했을 때를 빼고는, 아니

그 이후로 A는 입을 닫았다.

"알았다. 조심해라."

전화기 넘어 A의 무덤덤한 말투에 갑자기 서글퍼진다.

*

6개월 전 B의 담임은 시험지 한 뭉치를 내게 건네며, B가 겪고 있는 혼란에 대하여 설명했다. 담임이 건넨 시험지들에는 이름 이외에 아무것도 적혀 있지 않았다. 같은 반 아이 8명의 시험지 안에는 B의 것도 있었다. 담임의 말로는 B가 아이들이 백지시험을 보도록 선동했으며 이번이 벌써 두 번째라는 것이다.

수업 시간에 집중하지 않으며, 더러는 엎드려 잠을 잔다는 말도 덧붙였다. 이미 학기 초부터 B는 이런 방식의 반항을 하고 있었다는 것이다. 2학년 때까지 아무런 문제 없이 학교건, 학원이건, 친구건, 언제나 적극적이고 긍정적이었던 B를 생각하면 담임의 말은 좀처럼 이해하기 어려웠고 당황스런 것이었다. 담임은 나와 헤어지며 한 가지 더 덧붙여 말했다.

"○○가 할아버지 얘기를 여러 번 했어요. 같이 지낸 시간이 그립다고⋯."

나로선 알 수 없는 말이다. A와 B가 같이 지낸 시간이 있을 리 없는데⋯. 담임과의 상담 후 B와 대화를 나누었었다.

"네게 뭔가 문제가 있어 보여. 그렇지? 공부가 하기 싫어진 거니? 아님, 학교 또는 나나 엄마에게 불만이 있어?"

"불만은 없어요. 공부는 원래 하기 싫었어요. 공부하는 것 말고 학교 다니는 것 말고 다른 것은 없는지 생각 중이에요."

"혹시 아주 어렸을 땐데 할아버지가 기억나니?"

"아니요."

살아감에 대하여 B에게 들려주고 싶은 말은 다 한 것 같다. 내 말에 B는 별다른 대꾸가 없다. 그 이후에도 B의 생활은 별반 달라지지 않았다. 성적은 계속해서 떨어졌고 수업 태도 또한 달라진 건 없었다. 대화를 안 하는 것도 아니었다. 몇 개월간 B의 애미와 내가 내린 결론은 지켜보자는 것이었다.

4

「하○○벨」, 이 작은 공장과 그리고 온통 잿빛의 이 동네와는 어울리지 않는 예쁜 이름이다. 어젯밤 공장 근처의 여인숙, 냄새도 냄새려니와 창문 밖에서 취객들이 밤새 싸우는 통에 자다 깨다를 반복하다가, 새벽녘에야 잠시 눈을 붙일 수 있었다. 하지만 공장 사무실 창문을 통해 바라보는 밖의 아침 풍경은 평화롭다.

잠시 후 회색 잠바 차림의 남자가 내게 다가와 악수를 청한다.

30대 초반 정도, 가슴에 아크릴판 명찰을 달았다. 심하수. 직원이 얼마나 된다고 명찰을 달고 있는 것도 우스운데, 이름도 우습다. 1년 내내 학원 내 뒷자리에 앉아 있던 오하수는 얼굴도 웃기게 생겼었다. 정치가 궁금해서 정외과를 지원했더니 대통령 아들놈이 낙하산 타고 내려오는 바람에 성적이 되는데도 떨어졌다고 수시로 구시렁대는 아이였다. 물론 그 말을 믿은 건 아니지만 그럴 수도 있겠다 싶었다.

회색 잠바의 남자는 다시 내게 이것저것 물어보고, 나는 어제 한 말을 다시 되풀이하고 있다. 잠시 하는 아르바이트라도 월급을 받으려면 최소한 1달 이상은 일해야 한다고 말한다. 그러겠노라 말하고, 안내되어 간 곳에는 의자 하나와 그 앞에 무섭게 돌아가는 드릴판이 있다. 드릴판 옆으로 수북히 쌓여 있는 플라스틱 패널은 둥글고 사각진 벽시계 뒷판이다. 시침, 분침, 초침이 들어맞도록 패널 가운데를 드릴로 뚫어야 하는 일이 내게 주어졌다.

남자는 시범을 보이며, 오늘 작업 분량을 다 끝내야 한다고 말한다. 드릴에 손을 다치는 경우도 있으니 조심하라고 겁 주는 말도 잊지 않는다. 어려운 일은 아니나 온몸에 힘을 주고 정신을 집중하지 않으면 구멍이 제대로 뚫리지 않는다. 두어 시간이 지나고 온몸이 경직된 탓에 어깨가 쑤셔 온다. 때때로 내가 뚫어 놓은 패널들을 박스에 넣어 옮기면 그 보다 많은 수의 패널이 드릴판 옆에 쌓인다.

점심시간. 심하수란 이름을 가진 회색 잠바가 식사하자며 나를 부른다. 아주머니 몇 분이 호기심 어린 눈빛으로 내게 다가와 말을 건넨다. 사투리가 정겹다. 공장을 반대로 돌아 골목길을 벗어나니 큰 길가로 학교가 보인다. 학교 정문을 저만치 두고 반대편 쪽문 위로 교련복 입은 고등학생 서너 명이 담을 넘는다. 개학하려면 아직도 멀었는데 저놈들은 학교를 나와 담으로 다니나 싶다.

갑자기 뒷머리가 아련히 당겨 온다. A가 술에 취한 채 밤늦게 들어오는 날이면 난 가끔 교련복을 입은 채 학교의 새벽 담을 넘어야 했다. 이유는 여럿 있었다. 집안 제사 문제가 그랬고, 배다른 삼촌과의 갈등이 또 그랬다. 대통령이 그러했고, 종교 문제가 또 그러했다. A는 늘 그렇게 세상과 전쟁 중이었다. A가 이성을 잃고 있으면 어머니는 내 등을 밀어 날 집 밖으로 내보냈다.

회색 잠바가 생각에 잠겨 뒤처져 있는 나를 손짓하며 한 허름한 식당으로 들어간다. 부산에서의 두 번째 날, 난 바다가 보고 싶다.

*

B의 편지를 받은 후, 아내가 실종 신고라도 하겠다는 걸 겨우 말렸다. 배 아파 낳은 자식을 그렇게 모르느냐고 타이르고 기다려 보자고 했지만, 난 걱정이 된다. 언제부턴가 B의 책상은 늘 깨끗하다. 책가방도 텅 비었다. 몇 시간이고 책상에 앉아 게임만 하는 B

에게 물었다.

"게임이 그렇게 재미있어?"

짜증난 내 얼굴을 쳐다보며 B는 그랬다.

"재미있어서 하는 거 아냐. 게임 말고 할 게 무엇이 있는지 아직 잘 모르겠어서 하는 거야."

단답형이지만 B는 늘 대답을 또박또박했다. 가끔은 B의 대답이 이해가 가지 않은 채, 이 아이가 철학을 얘기하는 게 아닐까 하는 엉뚱한 생각을 한 적도 있다. B의 문제가 친구 간의 갈등이나 학교 폭력 문제는 아닌 듯했다. 한번은 B를 설득해 심리 검사를 받기도 했다. 진단 결과는 극히 정상이었다.

문제의 출발점이 어디에 있는지 도대체 알 수 없어 답답한 상황에서 B를 혼자 멀리 보낸 게 못내 마음에 걸리던 와중에 B의 친구 어머니로부터 전화가 걸려왔다.

5

P가 군 입대를 앞두고, 같이 바다를 보자며 부산에 내려왔다. 내가 내려온 지 2주가 지나고 나서다. 바닷가에서 태어났다는 P도 3년 만에 보는 바다라고 했다.

P를 처음 만난 건 A 때문이었다. 술에 취해 길에서 싸움에 휘말

렸다가 피를 흘리고 쓰러져 있는 A를 둘러업고 집으로 온 게 P였었다. 그 이후 동네 길에서 몇 번 마주쳤다. P는 학교도 다니지 않은 채 검정고시를 준비하는 중이었고, 고등학교 2학년이었던 난 그런 P가 싫었다. P와 친해진 건, 술에 취한 A와 온 가족이 씨름을 하던 토요일 늦은 오후부터였다.

A는 대낮부터 술에 취해 인생에 하등 도움될 게 없는 하늘 신과 전쟁 중이었다. A는 A의 아버지와 사이가 좋지 않았다. A의 배다른 형제들과도 늘 다툼이 심했다. A의 배다른 형제들은 A에게 얹혀 지냈고 A와 A의 아내는 그런 동거 상황을 항상 힘들어했다. A의 아버지는 그런 A와 화해하지 못한 채 세상을 등졌고, 그 이후 형제들도 뿔뿔이 흩어졌다. A는 그 이후로 세상과도 화해를 하지 못하고 늘 하늘 신을 욕했다.

세상과 등진 데에는 가정사 말고도 있었다. 70년대 말 미국 카터 대통령의 미군 철수 압력에 따른 한미 갈등 관계 속에서 대미 관련 일을 했던 A는 직장을 잃었다. 그 때문에 대통령을 비방한 게 문제가 되어 경찰서에 끌려가 온갖 곤욕을 치른 끝에 많은 재산을 탕진했다. A가 나의 학교와 전공에 집착하게 된 데에는 이런 이유에 따른 복수심 또는 보상의 광기가 자리하고 있었다.

그날 겨우 A를 잠재우고 울적한 마음에 집 근처 공터에 누워 있는 나에게 P는 술을 권했다. 술 때문에 친해진 건 아니었다. P가 그랬다.

"우리 아버지도 그래."

사실 P는 나이가 나보다 2살이 많았지만 내색하지 않는 통에 얼떨결에 친구가 되었다.

"여기 내려오기 전 어머님 뵈었다. 네 걱정 많이 하시니 이제 올라가렴."

그녀에게 미안한 생각이 들지만 난 A를 볼 용기가 없다. 첫 번째 대학 입시에 떨어진 날, A는 내게 독설을 퍼부었었다. 나의 두 번째 실패로 A가 느꼈을 상실감을 이해는 했으나, 내가 느낀 이 패배감을 위로받을 곳도 역시 A였다. 그로 인한 자괴감 때문에 나는 아팠다. 하긴, 평생을 남 듣기 좋은 말은 안 하고 살아온 분이니⋯.

P는 부산에서 이틀을 묵고는 떠났다.

*

B의 같은 반 친구 어머니는 아내와의 통화 후 B가 친구와 나눈 문자 내용을 휴대폰으로 보내왔다. B의 학교에 성재라는 모범생이 있었다. 어느 날 갑자기 학교에 나오지 않더니 자퇴를 하고는 사라졌다. 그 후 정신과 치료를 받고 있다고 알려졌지만, 학교에서조차 그 진실을 알지 못하고 있었다. B가 친구와 주고받은 문자 내용은 성재라는 친구에 대한 것이었다.

공부에 대한 엄마의 압박 때문에 엄마를 미워하다가 정신병에 걸려서 가출했다는 그런 내용이었다. 성재라는 아이가 엄마에 대해 차마 입에 담기 힘든 욕설도 했다는 내용도 있었다. 지난 1년간 B의 심리 상태가 어떤 것이었는지 난 알지 못한다. 하지만 B의 방황이 이것과 무관치 않을 거라고 생각하니 마음이 먹먹해진다.

B는 지방 소도시에서 초등학교를 다녔다. 머리가 특출나게 영민했으나 동네에선 B에게 맞는 커리큘럼을 갖춘 학원이 변변히 없었다. 그런 욕심 때문에 아내는 빚을 내 서울로 이사했고, 서울의 유명학원에 B를 보냈다. 하지만 잘못된 선택이었다. 이미 고교 과정까지 선행이 되어 있는 아이들과의 경쟁은 무의미한 것이었으나 아내가 이를 깨닫기도 전에 B는 이미 지쳐 있었다. 그사이 B가 느꼈을 분노와 허탈감을 따뜻하게 위로한 기억이 내게 없다. 아내가 그런다.

"그동안 우린 어떤 부모였을까?"

50살 문턱, 늙은 P를 만났다. 문득 그의 눈가에 팬 깊은 주름을 보면서 나도 그만큼 늙어 감을 느낀다. P는 B의 가출 소식에 놀란다. 혹 부산 학장동 시계공장 가 봤냐는 농담에 내가 놀라고, P가 웃는다.

"자식 걱정하는 부모 마음이 다 똑같고, 부모 속 썩이는 자식도 다 똑같은 모양이야."

P의 말에 내가 웃는다. 30년 전 이야기, 아니 내 아버지 얘기를 하다가 P가 내게 그런다.

"옛날 한국 아버지들은 다 그랬다잖아. 자식에게 잘못했다고 얘기하는 법이 없는 게 우리네 아버지들인 걸. 그래도 마음속으로 얼마나 자식을 사랑하는지, 그 자식들은 한참 커서야 알지."

P가 덧붙여 말한다.

"우린 어떤 부모들일까?"

6

점심을 먹고 나른한 오후 시간, 공장 사무실에 날 찾는 전화가 걸려 왔다. 어머니다.

"아버지가 오전에 부산에 가신다고 하시면서 나가셨다. 네게 가신 모양이야."

내가 있는 곳을 P에게 들은 모양이다. 갑자기 가슴이 쿵쾅거린다.

"몇 시 기차신데요?"

"모르겠다. 달리 말씀 안 하시고 나가셔서."

전화를 끊고 마음이 진정되지 않는다. 무슨 생각으로 이곳에 오시려는지. 드필판 앞에 앉았다. 다시금 어깨가 쑤셔 오고 뺨으로 한 줄기 땀이 흐른다. 손에 쥐고 있던 벽시계 플라스틱 패널이 잠시 중심을 잃었다 싶더니 손에 끼고 있던 목장갑이 순식간에 드릴에 휘감겨 돈다. 동시에 손가락에 전해 오는 아찔한 통증.

나는 있는 힘껏 손을 장갑에서 빼낸다. 내 눈앞에 손에서 피가 뚝뚝 떨어지고 있는 게 보이더니 순간적으로 앞이 캄캄하다. 아주머니 서너 분이 달려와 내 손에 수건을 감는다. 아주 시끄러운 소리가 들리는가 싶더니 이내 귀가 먹먹해진다.

A가 오후 늦게 공장으로 날 찾아왔다. 손에 붕대를 감고 있는 내 모습을 보더니 왜 다쳤는지 묻는다.

"싸웠어요, 이 동네 깡패하고. 심하게 다치지 않았으니 걱정하지 마세요."

왜 그렇게 대답했는지 나도 모른다. 당황해하는 A의 얼굴을 보니 후회가 된다.

"네 엄마가 걱정이 많으니 같이 올라가자."

A와 대화를 했지만 따지고 보면 별 얘기는 아니다. 이곳에서 어떻게 지냈는지 등등 내가 말하고 A는 잠자코 듣기만 했다. 그날 밤 A는 혼자서 집으로 돌아갔다. 부산역에서 내게 봉투를 내밀었다. 봉투에는 한자로 내 이름이 쓰여 있고 그 안에 돈이 들어 있었다. 역내로 들어가면서 순간적으로 돌아선 A의 얼굴에 눈물이 맺히는 걸 본 것 같기도 하고 아닌 것 같기도 하다.

*

B가 돌아왔다. 집 나간 지 보름 만이다. 새로 배정받은 고등학교

소집일을 하루 남겨 둔 날 오후, 햇빛이 따사롭다. 아내가 B의 손을 잡고는 운다. 그 앞에서 B는 무덤덤하다.

"죄송해요. 일찍 오고 싶지 않았어요. 다시 집 나가는 일은 없을 거예요."

B는 잠이 들었다. 깊은 잠에 빠졌다. 그러곤 이틀을 꼬박 잠을 잤다. 지난 보름 동안 B가 어디서 무엇을 했는지는 알 수 없다. 바다를 보았다는 말 이외에 B는 어떤 말도 하지 않으려 했다. 아내도 나도 더 이상 물어볼 수도 없었다. 앞으로도 B는 말하지 않을 것이다.

B의 가방 속에 낯익은 빛바랜 수첩이 보인다. 30년 전 내가 쓴 수첩이다. 창고 안에서 먼지를 뒤집어쓰고 있어야 할, 그래서 나도 잊고 있던 수첩을 왜 B가 가지고 있는지 모르겠다. 30년 전의 일상. 거기에 A와 내가 있다. 연민과 안타까움, 걱정과 염려 그리고 더불어 분노와 슬픔도 모두 함께 거기 있었다. 30년전 흑백으로 된 어린 청춘의 일상을 마주하고 B는 어떤 생각을 했을까?

후기

30년 전, 나는 60여 일의 부산 생활을 청산하고 귀향했다. 집에 들어가던 날 A는 아무런 말도 없었다. 어머니는 내 손을 잡고는 울었다. 난 이틀을 꼬박 잠을 잤다. 그 후 난 다시 책을 잡았고 대학생이 되었지만, A가 원하던 방향과는 거리가 멀었다. 대신 A가 끊임없이 미워하고 다퉜던 세상의 부조리한 일상과 나 또한 어울리지 못했다.

경찰서에 붙들렸다가 수소문 끝에 찾아온 A와 함께 며칠 만에 집으로 돌아가는 버스 안에서 A는 혼잣말로 그랬다.

"이렇게 키우려고 한 게 아닌데….."

내가 있던 경찰서가 A가 처음 끌려갔던 경찰서임을 나중에 어머니에게서 들었다. A는 세상과의 전쟁을 끝내지 못했다. 애틋함, 분노, 사랑, 외면, 이해. 그런 것들로 일상은 지나갔다. 마음속 깊은 곳에서 화해하고 치유했을망정 말로써 화해하지 못한 채, 난 A와 헤어졌다. A의 유골을 하관(下棺), 하토(下土)하면서 전날 장례식장에서 P가 하던 말이 떠올랐다.

"이제 너도 나처럼 후회하면서 그렇게 살겠구나."

B는 보름간의 가출 후 돌아와 이틀을 꼬박 잠만 잤다. 그러곤 다시 책상 앞에 앉았다. 그러나 여전히 무슨 생각을 하는지 난 알지 못한다. B의 책상 서랍 깊숙이 놓여 있던 30년 전 빛바랜 내 수첩 속에 B의 글씨가 보인다.

「날아가고 싶다.」

내 글씨 위에 겹쳐 쓴 B의 글씨를 보니 마음이 애잔해진다. 그리고 궁금해진다. 그동안 난 어떤 아버지였는지?

A는 나의 아비며, B는 나의 아들이다. 가끔 A를 생각하면 B와 온전하게 더불어 산다는 게 무언지 어려워지고, B를 바라보며 옛날 A는 어떤 생각을 했을지 궁금해진다. A가 B가 되고 어쩌다 B가 A가 되면, 살아감에 대한 감사함과 더불어 서글픔이 같은 무게로 다가온다. A, B 그리고 나. 온전한 고백과 성찰, 그것이 언제 가능할지 잘 모르겠다.

그래서 담담하게 써 내려간다. 써지고 다시 수정되고, 이어지다가, 삭제될 기록들이다. 아주 천천히….